Gabriella Santini

Top secret: il mio cuore è un cactus

Raffaello Ragazzi

www.farofuoricupido.it

Editor: Patrizia Ceccarelli
Redazione: Emanuele Ramini
Team grafico: Simona Dell'Orto e Letizia Favillo
Illustrazioni: Simona Dell'Orto
Ufficio stampa: Salvatore Passaretta

1ª Edizione 2013

Ristampa
5 4 3 2 1 2018 2017 2016 2015 2014

Raffaello Libri Srl
Via dell'Industria, 21
60037 – Monte San Vito (AN)
e-mail: info@grupporaffaello.it
www.grupporaffaello.it

e-mail: info@raffaelloragazzi.it
www.raffaelloragazzi.it
Printed in Italy

Odio il tradimento!

"Chi rinuncia alla libertà
per raggiungere la sicurezza
non merita né la libertà né la sicurezza".
Parola di Benjamin Franklin (1706-1790).
Scienziato dalla mente geniale
e poliedrica, è stato anche un politico
statunitense.
Meditiamo sulle sue parole
o le imitiamo?

Capitolo 1

Il mio settantasettesimo bacio

Bacio tiepido. Zero coinvolgimento. Battiti del cuore sottotono. Pressione sanguigna rasoterra. Che cosa mi succede?

Riapro gli occhi: sono al parco, raggomitolata tra le braccia del mio ragazzo. Sopra di noi, il cielo è perfetto. Sotto di noi, il prato è un velluto verde trapunto di fiori. I miei piedi nudi sono accarezzati lievemente da tre coccinelle che zampettano indaffarate.

Il mio coinvolgimento dovrebbe essere totale, al cubo. E invece…

Guardo Eden che tiene ancora la testa appoggiata sulla mia spalla e gli occhi chiusi: il nostro abbraccio assomiglia a colla a presa rapida. L'espressione del mio lui è sognante. Sembra in un "altrove" irresistibile.

A quanto pare, sono l'unica dei due a non essere coinvolta. Sigh.

Oggi è domenica, ed è primavera, stagione dispettosa ma avvincente.

Eden e io siamo al settantasettesimo bacio d'amore: sarebbe un record da festeggiare, invece, da segnalare soltanto delusione.

77

Che forza, le coccinelle… Soltanto un mese fa credevo che fossero punti rossi dopo la parola "tiameròpersempre!"

Lo so che è da pazzi portare a spasso una tartaruga, ma Pigrizia è speciale. La porto sempre con me al parco. ;-)

Di sfuggita noto che anche la mia tartaruga è distratta, e che si sta allontanando da noi. Infatti, Pigrizia, indifferente a tutto ciò che non sia cibo, sgambetta sotto il sole, con il collo allungato all'inverosimile e la codina a virgola.

Chi l'ha detto che le tartarughe sono lente? La mia è un piccolo fulmine squamato. ☺ Ogni tanto Pigrizia afferra fiori, trifogli e foglie e divora tutto, soddisfatta. Si è appena risvegliata dal letargo, perciò ha una fame spaventosa.

Un grido vicino a noi riscuote Eden, che apre gli occhi controvoglia. Mi lancia un'occhiata ricognitiva: così nota la mia espressione delusa e assume l'aria di chi voglia scusarsi. Ci si può scusare per la mancata magia?

Con il dovere di recuperare Pigrizia, il mio ragazzo si solleva e si allontana rapidamente. Le mie labbra rimangono sole. E io anche.

Mentre Eden corre dietro a una Pigrizia con il turbo innescato, io rifletto. E ricordo…

Traditori riappaiono i baci passati, dal nulla e in successione rapida. Erano vortici in cui perdersi, mareggiate vigorose, tuffi a occhi chiusi in acque di smeraldo, sbuffi di calore in pianure ghiacciate. E noi due avevamo i cuori a mille, gli occhi inchiodati negli occhi, le mani intrecciate e, in testa, un unico desiderio: stare insieme *persempre*.

Strilli pazzeschi e fischi continui interrompono i ricordi. Il parco è pieno di ragazzini rumorosi e di pirati bambini che si rincorrono tra gli alberi.

In me spunta un'ombra di speranza: forse l'incanto del settantasettesimo bacio è stato rubato dalle loro grida? Oppure la magia è stata soffocata dallo stridere delle rondini che ci sfiorano volando? Chissà.

Eden è il mio amore piùpiùpiù.

Spero-spero-spero con forza, perché non sono equipaggiata per le delusioni d'amore. In materia di *realtà-nuda-e-cruda* sono senza esperienza.

Eden torna da me, sorreggendo tra le mani il carapace mimetico di Pigrizia. La mia tarta zampetta impazzita. La afferro delicatamente e la poso in mezzo al trifoglio che lei adora. Vicino a me. Pigrizia fissa i suoi occhietti scuri nei miei: leggo affetto sconfinato e amicizia a chili.

CERTO, LE MANCA LA TERRA SOTTO LE ZAMPE... ;-)

Vorrei accarezzarla ma non ci riesco, perché il settantasettesimo bacio mi ha intristito. Troppo. Se la accarezzassi ora, scoppierei a piangere come una stupida.

TARTA = TARTARUGA

– Che ti succede, Edera? – mi chiede Eden, mogio. E mi guarda attentamente.

– *Nienteniente* – rispondo troppo frettolosa.

– Davvero?

– Tutto superbene – mento ancora.

– Dove sei? – sussurra lui, assorto.

– Qui.

– Sicura, Ivy? A me sembri lontana anni luce.

– Sìsìsì, sicurissima – esclamo e annuisco energicamente, intenerita. Ogni volta che il mio ragazzo usa questo diminutivo, mi squaglio come una stalattite davanti a un caminetto acceso. Eden l'ha tirato fuori la prima volta in un giorno di pioggia battente, mentre seguivamo sbadigliando una lezione d'inglese sui CD del padre.

È carino anche quando è mogio mogio...

Di solito il mio ragazzo ha zero spaccato in fantasia, invece in quell'occasione aveva totalizzato un bell'otto, traducendo il mio nome in inglese.

Ivy

Ma chi l'ha detto che gli animali non provano sentimenti?

EDERA = IVY

T'amo
non t'amo
T'amo
non t'amo
T'amo
non t'amo
T'amo
non t'amo
Ohi, ohi.

Ripasso i dettagli, tra me: Eden mi aveva abbracciato, pronunciando con amore e serio serio "Ivy!".

Ero stata attraversata da brividi di sorpresa ma anche da un calore vulcanico. Infine una felicità senza confini mi aveva sorpreso.

È stato secoli fa? O sono passati soltanto pochi mesi?

Mi alzo in piedi di scatto e mi allontano di qualche passo dal prato invaso dalle margherite e dai fiori di tarassaco. Di solito, il loro ritorno mi commuove. Oggi, invece, lo trovo scontato. Che sia colpa dell'età difficile che attraverso, come lamenta ma'? Boh.

Effettivamente l'adolescenza è una zona d'ombra. Oscura. Imperscrutabile. Misteriosa. Impervia. Insondabile. E so bene che nelle zone d'ombra i fiori crescono a stento, e le piante soffrono. Però, poi basta un raggio di sole per scacciare l'oscurità.

Mentre Eden segue ogni mio passo, sempre più mogio, penso tra me. E ripenso. Ma mi guardo anche intorno. E i miei pensieri si trasformano in farfalle coloratissime, perché, come sempre, la natura mi sta insegnando qualcosa. Infatti, indifferente alla mia malinconia e alla mia inspiegabile assenza di emozioni, la primavera è esplosa lo stesso. Senza misura.

Registro profumi dolcissimi, colori saturi, panorami irresistibili, e decine di coppie di ragazzi, che sono allacciate come millepiedi in amore.

Tutto è come ogni anno, secondo copione. Per la prima volta in vita mia, provo un pizzico d'invidia per il trasporto di quelle coppiette.

– Sembri triste. Non capisco – continua a dirmi Eden, – eppure intorno a noi è tutto fiorito. Dovresti essere felice.

Comunemente conosciuto come dente di leone o soffione, il tarassaco è una pianta perenne molto comune nei prati, e con virtù curative. Una sua piccola magia? Soffiatela via e i semi conquisteranno la Terra!

Annuisco con un sorriso tirato. Dentro di me temo che il nostro settantasettesimo bacio rimanga impresso come una macchia di rossetto indelebile. Che guaio.

– **TU** adori primavera, cielo azzurro, fiori a gogò, foglie verdi e compagnia bella – insiste Eden. Ha un'aria persa, per metà colpevole e per metà preoccupata. – Che ti succede, Ivy? Dovresti essere felice.

– Lo sono. Lo sono, lo sono – rispondo a cantilena. – Sono felice. Sì. Molto.

– Però? – mi chiede, guardandomi appena.

– Però... beh, però domani avrò la verifica di greco, perciò sono anche molto molto preoccupata. E distratta. Maledetta scuola.

Non sto mentendo granché: odio il greco antico, e il greco non sopporta me. Ma la verifica è già acqua passata, ed è andata abbastanza male.

– Ma non l'avevi già fatta giorni fa? O ricordo male?

– Ricordi male – commento secca. Riesco a essere insopportabile, certe volte. E lui riesce a essere pedante e pignolo come nessun altro. Peggio di pa'.

Questione di... feeling...

Eden fa scivolare il suo zainetto nero dalla spalla, lo apre e tira fuori un pacchetto rosa con un fiocco. Poi, mormora:

– Credi che un regalo riuscirà a tirarti su il morale?

Annuisco. Improvvisamente piccole emozioni si risvegliano dal letargo. Rimango zitta come se fossi ancora una bambina.

– Saprà farti dimenticare persino la verifica di greco? – chiede ancora Eden.

Pa': Federico. Lavoro: bancario. Carattere: tenero, paziente, pignolo. Pregio: pazienza a gogò.

Fisso i miei occhi nei suoi. Poi, chiedo:

– Un regalo? Per me? E perché?

– Perché ti amo, Ivy; non basta? – sussurra, diventando rosso *Anthurium*.

– Quanto sei dolce – rispondo e gli do un bacio a schiocco su una guancia. Dentro di me, il rimorso per la bugia morde ferocemente, perciò non ho il coraggio di prendere il pacchetto. Eden mi prende le mani e appoggia il suo regalo sui palmi.

Imbarazzata, mormoro:

– Pesa come un libro.

– È un libro: il tuo! Per sempre.

Strappo la carta, perché sono curiosa. Adoro i libri. La copertina è un po' consumata, macchiata dal tempo e dall'umidità. Il libro è romantico e illustrato. Annuso il profumo di carta antica. Leggo il titolo…

– IL LINGUAGGIO DEI FIORI! – esclamo, sbalordita. – È di una certa Paolina Grati.

– L'antiquario che me l'ha venduto mi ha spiegato che la Grati era un'esperta in fatto di fiori e un'appassionata di natura, come te – mormora Eden. E sorride.

– Davvero? Che meraviglia!

– Avrei potuto regalarti un libro nuovo ma mi sembrava più originale cercarne uno di valore. Questa è l'edizione del 1898 – aggiunge Eden, con orgoglio.

– No, non può essere. Così antica? – esclamo. E accarezzo la copertina come se fosse d'oro.

– È l'originale, te l'assicuro – mormora lui.

Originaria dell'America equatoriale, l'Anthurium è una pianta decorativa e amata. Il nome significa fiore a forma di coda. I suoi fiori sono formati da una *spata*, che spesso è rosso lacca oppure rosa, bianca o color salmone, e da uno *spadice* sottile.

– Come hai fatto a trovarlo? È impossibile.

– Ho girato, chiesto qua e là, cercato per un po'. Poi, alla fine – sussurra e fa spallucce, – la fortuna mi ha aiutato.

– Come facevi a sapere che mi sarebbe piaciuto?

– Ti conosco: i fiori sono la tua fissa. Sono sicuro che sapere che cosa rappresenta e simboleggia ciascun fiore ti farà felice. Ti divertirai un sacco, e ci torturerai.

– Terrò questo libro sempre con me – mormoro e lo stringo tra le mani. – Lo imparerò a memoria.

– Invece io, anno dopo anno, imparerò a regalarti tutti i fiori giusti – mormora Eden. Poi si avvicina dolcemente, con l'intenzione di baciarmi.

Spero che il suo settantottesimo sia un capolavoro del genere, e desidero che cancelli i dubbi e le ombre del precedente, quando all'improvviso...

Lancio un'occhiata casuale al prato ai miei piedi: decine di trifogli tondeggianti, margherite, tarassaco, e nient'altro. Oh, no! Pigrizia è sparita di nuovo.

– Pigrizia non c'è più! Scusami, Eden, ma stavolta tocca a me – esclamo. – Corro a cercare la *tartavventuriera*. Reggimi il libro e aspettami qui! Torno subito.

Lui mi fa un cenno che significa "ok". In realtà sembra dispiaciuto per la seconda occasione mancata della giornata.

Un'altra piccola magia cancellata dal destino con un colpo di gomma?

Che cosa sta succedendo oggi?

Ignorando quest'impressione, filo via verso un punto preciso del parco. Se conosco Pigrizia, deve aver zampettato fino alle aiuole delle rose. Adora mangiare i petali di rosa.

Tartavventuriera

Volo a perdifiato, e a piedi nudi. Le mie All Star dondolano appese ai passanti dei miei vecchi shorts di jeans. I miei capelli sciolti diventano altalene e scivoli perfetti per i capricci del vento. Ho mille profumi nelle narici e sulla pelle.

E inciampo tre volte: su una buca nel terreno, sulle gambe di una coppietta allungata, su una radice emergente.

Sbuffo, scocciata e imbarazzata, ma mi riprendo coraggiosamente, e per dimostrare a tutto il mondo che non sono imbranata come sembro, corro più veloce di un atleta. Come il vento. Come un vortice di foglie. Come turbine di correnti.

Mi esalto per un istante. Non sono poi così fuori allenamento... 🙂 Mi sento un piccolo portento.

Finalmente noto il carapace di Pigrizia. La punto come fa un arco con la sua freccia, mirando al tirassegno. E volo verso di lei sorridendo.

Capitolo 2

Abbasso i brutti incontri

"Quando la mano di un uomo tocca la mano di una donna, entrambi toccano il cuore dell'eternità" ha scritto Khalil Gibran. È stato un famoso poeta, pittore e filosofo libanese (1883-1931). Ho letto che, con le sue opere, Gibran ha tentato di avvicinare due civiltà, quella occidentale e quella orientale. Un utopista? Un coraggioso? Un sognatore? Chissà. Forse è stato tutte queste cose insieme.

Che cosa ottengo? Beh, di finire rovinosamente addosso a qualcosa a mo' di proiettile. O addosso a qualcuno?

Intravedo a terra una sagoma umana aggrovigliata. Sembra dolorante. Ebbene, il qualcosa cui sono finita addosso era, in realtà, qualcuno, ehm. Panico. Confusione. Sbianco.

– Scusiscusiscusi! – esclamo. Le mie guance diventano viola ibisco.

L'ibisco è una pianta che comprende circa trecento specie e che fa fiori a cinque petali, spesso rosso vivo.

– E di che? Mi hai soltanto rotto una costola, l'osso del collo e quattro vertebre – risponde una voce insolente e maschile.

– Scusi ancora. Non volevo... Non l'ho fatto apposta – mormoro, imbarazzata come mai prima.

– Ci mancherebbe altro! Io sono super-impegnato, fidanzatissimo, innamoratissimo. Con me è tempo perso – aggiunge il tizio a sproposito. Il suo tono è sarcastico e odioso. Si risolleva a fatica, con teatralità.

Ora le mie guance raggiungono il rosso incendio. Fisso la sagoma della mia vittima involontaria, con risentimento.

Poi esclamo:

– Non l'ho nemmeno vista! Le ho chiesto scusa, e comunque sono anch'io impegnata, fidanzata e innamorata.

– Non ci sono scuse – insiste la voce. Il suo proprietario è ancora a terra e si massaggia arti e torace. – E il fatto che tu sia impegnata e innamorata mi solleva. Molto.

Finalmente il tizio si solleva anche da terra.

– Se le scuse non le bastano, che cos'altro posso fare per lei? – strillo. E guardo il tizio che ho davanti.

Indubbiamente non è male, ma ha un'espressione odiosa incollata sul viso ed è più grande di me d'età. Molto di più. Un matusa? Be', a giudicare da com'è vestito, direi di sì. Sembra in attesa di un appuntamento di lavoro in Borsa: giacca scura, cravatta in tinta, camicia con doppio colletto. Tra noi due il contrasto è stridente, poiché sembro una hippie disordinata e più colorata di un arcobaleno.

UN MATUSA?

Il tizio mi fissa, mi sorride, con commiserazione. Infine aggiunge:

– Portarmi subito all'ospedale sarebbe una buona idea. Sono ridotto a un puzzle umano.

– Un... puzzle? – domando esterrefatta.

– Intendo dire che mi hai fatto a pezzi – precisa. E mi guarda astioso mentre si massaggia dappertutto, emettendo lamenti eccessivi e ridicoli. Che attore consumato.

100 chili!!

– Non peso mica cento chili – esclamo acida, tanto per ricambiare la cortesia. Intanto tra me penso che la sua insopportabilità aumenti ogni secondo di più.

– Ah, no? E allora come mai mi hai ridotto così? Sono TUTTO rotto.

– Forse è colpa della velocità della mia corsa? – ironizzo, esagerando la banalità.

Mi scruta dai capelli castani lisci ma spettinati al viso arrossato, agli shorts con i leggings, fino ai piedi nudi.

– No. La velocità non c'entra. Pesi certamente poco meno di cinquanta chili. Tutta colpa del peso.

Inorridisco. Poi strillo fuori di me:

– CHE? IO non peso TROPPO! Il mio peso è nella norma.

– Però sei rotonda come una mela – precisa. E sussurra impercettibilmente: – Anche se una… bella mela.

Forse ho sentito male, forse ho frainteso o forse ho sognato, non importa. Quello che conta è ciò che il tizio ha detto come prima cosa. IO sarei ROTONDA? Maledetti uomini!

IO non peso TROPPO

CHE ERESIA!

Faccio per allontanarmi indispettita, quando quello mi chiede:

– Tanto per sapere, come mai correvi come una furia?

Mi volto e rispondo seccamente:

– Stavo cercando la mia tartaruga.

Stavolta è il tizio che mi fissa sbalordito. Scansiona di nuovo tutta la mia persona, dai piedi ai capelli. Poi domanda:

– Una tartaruga di terra?

– Certo, perché?

Mi si avvicina minaccioso. E punta l'indice verso di me. Chiede soltanto:

– Dov'è?

Indico il carapace lucido e variegato di Pigrizia, che spunta in mezzo alle foglie e ai rami. Sono senza parole. Perché questo tizio è così odioso?

– Sai che è vietato dalla legge detenere tartarughe? Sono animali protetti non gingilli – mi dice. Il suo tono è piatto e severo. Lo sguardo è metallico.

– La mia tarta non è un giochetto, ed è perfettamente regolare.

LO SO: SEMBRO UNA HIPPIE

– Come la padrona? – domanda, ironico. E stringe gli occhi, che diventano due fessure imperscrutabili.

Osserva di nuovo le mie scarpette appese agli shorts di jeans, i leggings viola, e una foglia intrappolata tra i capelli sciolti.

Intravede persino il tatuaggio della pianta carnivora che fa capolino dalla t-shirt verde acido. È sulla mia spalla sinistra. Di solito non lo nota mai nessuno.

Ripenso alla sua battuta infelice… "Regolare come la padrona?"

Il mio viso diventa color rosso ira. Friggo e lampeggio come un vulcano attivo.

– Che cosa intende? – lo aggredisco. E stavolta punto io l'indice contro di lui.

Ma' e pa' non sopportano i tatuaggi. Io li adoro. Sarà l'età?

– Lascia stare: non capiresti. Fuori il documento – aggiunge senza mezzi termini.

– E lei chi sarebbe, cortesemente? – gli chiedo, avvicinandomi anch'io, con un'aria che vorrei sembrasse più minacciosa possibile.

– Collaboro attivamente con il coordinamento regionale del Corpo Forestale dello Stato, in osservanza del Cites – mi dice, – ma tanto sicuramente non sai nemmeno cosa sia.

Lo guardo meglio: nonostante sia arrogante e tirato, il

suo viso ha un'aria misteriosa. Il tizio è abbastanza alto, con capelli castani, lunghi sulle spalle, e con occhi insondabili color bosco autunnale.

Madre natura ha esagerato: sprecarsi tanto per un soggetto del genere… Com'è possibile che un ragazzo così odioso e insopportabile sia carino?

Guardando verso il cielo e sbuffando come le vecchie locomotive a vapore dei film in bianco e nero, rispondo seria:

– CITES sta per Convention on the International Trade of Endangered Species, e cioè, convenzione sul commercio internazionale di specie in via di estinzione. – Quando finisco di parlare mi stupisco di me stessa per la pronuncia, per la precisione e per la prontezza. Mentalmente ringrazio la mia adrenalina.

Finalmente noto un piccolo cedimento nella torre della sua indifferenza. E finalmente il tizio mi guarda davvero. Negli occhi. Come se mi vedesse bene soltanto ora.

– Sei molto carina. Troppo. Non puoi essere anche così informata – mormora, sbalordito.

CHE COSA? Io sarei troppo carina? Questo tizio è fuori come un terrazzo! Oppure ha seri problemi visivi. Dovrebbe riferire il suo commento a mia sorella Carlotta che ogni giorno mi chiama affettuosamente "sgorbio viola".

– Se vuole controllare il certificato del CITES, glielo do. Lo porto sempre con me, nello zaino. Le mie tartarughe sono tutte in regola – aggiungo, ironica. Faccio per tirare fuori il "passaporto" di Pigrizia, ma lui mi ferma posando la sua mano sulla mia.

– Non serve – sussurra. La sua mano rimane ancorata alla mia.

CITES=CONVENTION ON THE INTERNATIONAL
TRADE OF ENDANGERED SPECIES

SGORBIO VIOLA

Sento una strana scossa. Mi attraversa per intero: è lunga, brividosa, inspiegabile. Sarà colpa della sua antipatia epidermica? O lui è elettrico? Oppure è colpa dell'arrabbiatura?

Boh.

Forse la sua mano si è incollata alla mia? Non so ma di sicuro sento che brucia come un incendio estivo nel bosco.

E d'improvviso il tempo non scorre più ma sgocciola. Lentamente. Come se il moto di rotazione e quello di rivoluzione della Terra rallentassero stranamente.

Temo di fargli lo stesso effetto: il tizio mi guarda come se l'avessi appena tradito svelandogli qualche enigma arcano. :O

Nel moto di rotazione, la Terra gira su se stessa. In quello di rivoluzione, gira intorno al Sole. Infine, e pochi lo sanno, il nostro caro, vecchio pianeta segue anche dei *moti millenari* che regolano lo spostamento della Terra nell'universo. Togo! Perché non ci penso sempre? Forse perché soffrirei di troppi giramenti di testa?

Che succede? Aiuto. Siamo elettrici per colpa della rabbia? Va a finire che pa' ha ragione quando ripete che fa malissimo arrabbiarsi. E dire che lo prendo in giro, ripetendogli che lui esagera…

Il tizio mi guarda, con un'espressione ebete. Ricambio. Attonita. Stranita. Incredula.

D'improvviso, intorno a noi, c'è silenzio. Dove sono spariti i rumori, le grida, i fischi, le rondini, la gente, il mondo?

Dov'è finito il tempo?

– Che succede, Ivy? – domanda Eden, interrompendoci.

– Che razza di nome è Ivy? – chiede il tizio a bassa voce.

– Le dice qualcosa la parola “diminutivo”? – chiedo con ironia.

– Beh, certamente – sussurra il tizio, facendo spallucce. – Quanto sei permalosa!

– Problemi? – domanda di nuovo Eden.

Distolgo lo sguardo. Poi...

– Davvero niente di importante – rispondo a voce troppo alta.

Il mio ragazzo ci osserva, stupito: chissà, forse abbiamo due facce strane.

Poi, chiede a entrambi:

– Vi conoscete?

Il tizio ritrova la voce. Io pure. Intoniamo involontariamente un coro a due, esplodendo:

– Certo che no! Per carità.

Eden fa spallucce, con l'aria dichinoncistacapendoniente.

– Questo signore è del CITES – tento di spiegare.

Eden scoppia a ridere. Poi, lo guarda e gli dice:

– Signore? Ma se è un ragazzo!

Il tizio fa di nuovo spallucce, rassegnato.

– Ebbene, questo... ragazzo mi ha appena chiesto il certificato di regolarità di Pigrizia – aggiungo. E sospiro.

Eden ride di nuovo sonoramente. Infine dice:

– La mia ragazza è fissata su queste cose. Le sue tartarughe sono super-regolari. Sei incappato nella persona sbagliata, amico.

– Me ne sono accorto, eccome se me ne sono accorto – mormora il tizio. E riprende a massaggiarsi.

Incredibile. Che faccia tosta! Niente e nessuno può ferirlo o toccarlo. Peggio di un baobab!

– Andiamo? – dico a Eden.

Il baobab è famoso per la grande capacità di immagazzinamento dell'acqua nel tronco (fino a 120.000 litri). Una resistenza al limite dell'impossibile!

– Certamente – mi risponde. – Ecco i tuoi fiori – aggiunge, sorridendomi. E mi porge di nuovo il libro sul linguaggio dei fiori.

– Che cos'è? – chiede il tizio.

– Fatti miei – rispondo sgarbatamente.

Il tizio sbircia curioso. Allunga persino il collo. Sembra Pigrizia nei suoi momenti d'oro.

– È un libro sul linguaggio dei fiori – risponde Eden pazientemente.

Non contento, il tizio domanda ancora:

– Non è più romantico un vero mazzo di fiori? Rose rosse, per esempio.

– Forse sono più romantiche, sì, ma sicuramente meno originali – risponde Eden, pronto. – Arrivederci, eh.

– Confermo – esclamo. – Le rose rosse sono sorpassate. Antidiluviane. Antiquate.

Dentro di me, però, appare l'immagine maliziosa di un mazzo di rose. Sono rosse, vellutate e profumatissime. Tentazione scontata ma terrificante. D'un tratto mi ricordo di diciotto rose rosse a gambo lungo che Giorgio, il ragazzo di mia sorella Carlotta, le regalò per i diciotto anni.

Afferro il mio ragazzo per un braccio e tiro in direzione opposta a quella in cui siamo. Recupero anche la mia tarta. D'impeto. Faccio per allontanarmi, quando…

– Beh, allora ciao – tenta il tizio.

Che cos'è? Un recupero tardivo di buone maniere? Alzo l'unica mano libera e faccio un cenno brevissimo. Poi Eden, la mia tarta e io ci allontaniamo rapidi.

Una decina di metri e… Finalmente riprendo a respirare con regolarità. Guardo davanti a me: prato verde. Nuvole innocue. Cielo azzurro. Tanta gente.

Anche il tempo riprende a ticchettare e a scorrere alla solita, vecchia maniera. Le grida risuonano di nuovo. Le rondini riappaiono. I rumori riprendono possesso del mondo. Dov'erano finiti tutti?

Una volta lontani da quel brutto incontro, esclamo irata:

– CHE TIZIO INSOPPORTABILE! PER TUTTI I CACTUS!

– Perché sei così arrabbiata? – mi chiede Eden. – Che te ne importa di quello? Tanto non lo vedrai più.

– Per fortuna! – esclamo. E sospiro. – Che sollievo.

Capitolo 3

Sentimenti da Triassico

"Tutto quello che siamo lo portiamo con noi nel viaggio. Portiamo con noi la casa della nostra anima, come fa una tartaruga con la sua corazza. In verità, il viaggio attraverso i paesi del mondo è per l'uomo un viaggio simbolico. Ovunque egli vada è la propria anima che sta cercando". Uahu! Che bella frase! ✱

Il mattino si è consumato in fretta.

L'ora di tornare a casa arriva troppo presto. Infilo il libro nuovo in uno scomparto esterno del tarta-zaino, e Pigrizia al posto d'onore. Poi salgo sullo scooter di Eden. Corriamo verso casa.

Mi stringo a lui nel tentativo di cancellare il ricordo dell'ultimo bacio. Serro forte gli occhi per polverizzare l'immagine di quel tizio insopportabile e ostile con cui mi sono scontrata al parco.

Il calore e il profumo familiare del mio ragazzo mi consolano. La sua schiena accoglie le mie braccia. Per fortuna, la sensazione che provo è la stessa di sempre: una tenerezza disarmante. Perlomeno quest'emozione non è cambiata.

In un baleno arriviamo davanti casa mia, in via degli Orti numero 136. Forse troppo presto.

Scendo dallo scooter con il viso arrossato e con i pensieri più leggeri. Assaporo i profumi primaverili che galleggiano nell'aria come ninfee in un laghetto. Sono certa di avere lasciato dietro di me i nuvoloni scuri e l'umore nero, e sento che da adesso in avanti la giornata tornerà a essere

✱ *È merito di Andrej Arsen'evič Tarkovskij, regista e attore russo (1932-1986).*

meravigliosa: lo leggo nel mio cuore, nel tempo, e nei raggi del sole. Voglio essere ottimista.

– Vuoi venire a pranzo da noi? – chiedo a Eden, sorridendo. – Di sicuro ci sarà anche Giorgio; e come al solito pa' e ma' avranno cucinato per un esercito.

– No, grazie, non posso. Non ti ricordi? Oggi è la festa di Greta: sale a quota dodici anni.

– *Per tutti i cactus spinosi!* Mi ero completamente dimenticata del compleanno di tua sorella. Come ho fatto?

– Tutta colpa del greco. Le preoccupazioni distraggono – mi risponde lui candidamente.

Il rimorso per la mia bugia morde di più e m'impedisce di rispondergli.

– Niente panico, Ivy – mi dice ancora, tranquillo, fraintendendo la mia reazione. – Tu pensa a superare indenne la verifica. Per Greta, basterà un sms più tardi. Lei sarà contenta lo stesso.

– D'accordo. Poi appena potrò, le comprerò un regalo. Oggi è domenica e i negozi sono chiusi.

– Bene. Nel pomeriggio ti chiamo: se avrai finito di studiare, potremmo andare al cinema. Che ne dici? Ti va? – mi dice, più affettuoso e comprensivo del solito.

– Sì. Grazie. Allora, a dopo.

– Ciao – mi sussurra. E mi bacia sulla guancia fredda.

Ricambio, posando un bacino sulla sua, che invece è caldissima.

Infine Eden riparte, accelerando al massimo. Lo saluto con la mano.

Nel silenzio domenicale il suo scooter romba come un pazzo, fino a sparire sulla linea dell'orizzonte.

Apro il cancello con la chiave ed entro in giardino. Poi

sgancio il mio tarta-zaino, perché Pigrizia sta grattando con le zampette e allunga la testolina verso il mondo. Lo so: smania già di tornare a terra. Mia madre alleva tartarughe da anni, perciò, grazie a lei, ho imparato molte cose su questi misteriosi animali. E ne sono affascinata.

La regola numero uno? Le tarta sono letteralmente in simbiosi con la terra. Non credo che sia un caso: d'altronde esistono dal Triassico.

Il prof di storia ci ha spiegato che in quei lontani tempi geologici, probabilmente l'uomo era ancora niente più che un'ipotesi lungo il corso della vita e della storia. Persino le piante erano ancora poche e "primitive". Esistevano le conifere, le felci e alcune varietà di Ginkgo.

Chissà il nostro pianeta quanto era diverso da ciò che è diventato oggi…

Il musetto curioso di Pigrizia affiora continuamente dall'apertura dello zaino. Ha ragione: vuole scendere. Le sorrido, la tiro fuori e la poso sull'erba. Infine aspetto, sorridendo.

Il Triassico è la prima epoca dell'era Secondaria o Mesozoica. Tante ere geologiche fa! ;-)

Pochi istanti e le altre otto tartarughe di casa si avvicinano a noi, comparendo dal nulla. Le guardo e mi sembrano bellissime, con i loro gusci maculati, lucidi e mimetici, con gli occhietti neri e con le codine espressive. Pigrizia si confonde tra le altre, apparentemente troppo simile a loro; ma non ai miei occhi. Ma' e io le abbiamo viste sgusciare dall'uovo una per una, perciò le riconosciamo al volo. Invece per tutti gli altri sono indistinguibili. ;-)

Ho sempre una carezza diversa per tutte, e le chiamo per nome senza fare confusione. Loro mi ripagano cozzando con il carapace contro le mie gambe.

L'odore di pranzo pronto stuzzica il mio appetito. Ho

Annibale Navi è il nostro prof di storia. Noi della IV D lo chiamiamo Annibale Barca per la somiglianza con il condottiero cartaginese.

Anche il prof viene dal passato?

Come una squadra di basket!
Mamma e io le amiamo e le trattiamo come componenti della famiglia. In realtà, lo sono.

una fame da orco, perciò lascio che le tartarughe zampettino in giardino, libere come sempre, ed entro in casa.

Il portone cigola e si lamenta. Da anni pa' dice che andrebbe cambiato, perché è vecchio e malandato, però non ha mai il coraggio di farlo. In famiglia, tutti vogliamo bene al nostro portone: ha custodito gli scatti d'ira e le tristezze della famiglia intera, i quattro fiocchi rosa della nascita di noi figlie, e il lavoro e gli impegni di ogni giorno.

LE TARTA:
FIORE
CARCIOFO
ERBETTA
FULMINE
GELSOMINA
RADICCHIO
MACISTE
NERONE

L'odore si fa ancora più intenso... *Slurp*. I pranzi domenicali di pa' e di ma' sono famosi in tutto il quartiere, perché sono fantasiosi e divertenti come noi. Perciò di domenica, casa nostra è sempre piena di amici, di ragazzi o di parenti.

Giro la chiave nella toppa. *Peppe* cigola. Entro e richiudo, prevedendo il solito caos e il consueto rumore da metropoli asiatica all'ora di punta. E invece...

Noi chiamiamo il nostro portone Peppe. Tutta colpa dell'affetto!

Un silenzio mistico mi accoglie e mi sconvolge.

Mi guardo in giro: non c'è anima viva. Il salone è vuoto. Non c'è traccia delle due pesti di casa, Emma ed Eva; né di Carlotta e Giorgio, il suo boy; e neppure di altri ospiti. Persino mamma e papà sono spariti. *Mmm...* Faccenda enigmatica.

Il mio sguardo si posa sul grande quadro naïf dipinto da mamma quasi un anno fa. Al centro c'è un albero pieno di fiori. Il quadro è bellissimo, originale e colorato. Però...

Con dei pennarelli, qualcuno (Emma o Eva? ;-)) ha disegnato sul vetro miriadi di baffi finti, denti rotti e cicatrici varie. Che diavolette, le gemelle.

Sorrido. E rileggo per l'ennesima volta il ***nostro albero genealogico***. Tratteggia le nostre origini e la nostra storia. Che bello. Ogni volta che lo guardo provo la stessa emozione. Bellissimo.

Giorgio
Anni: 25.
Aspetto: castano, abbastanza alto e occhialuto.
Professione: laureato in ingegneria e appena assunto in un'azienda.
Carattere: diplomatico e gentile.
Difetti: zero in romanticismo.
Pregi: dieci e lode in affidabilità.
Impegnato con Carlotta da quattro anni.
Carlotta
Anni: 22.
Aspetto: alta e femminile.
Professione: commessa in una profumeria.
Carattere: decisa e determinata.
Difetti: capricciosa e un po' prepotente.
Pregi: bellezza impossibile.
Impegnata con Giorgio da quattro anni.
Federico
Anni: 47.
Aspetto: alto e magro.
Professione: bancario.
Carattere: silenzioso e tranquillo.
Difetti: pignolo come tutti i bancari.
Pregi: paziente e tenero.
Sposato con Annalisa da 24 anni.
La
Nonna Ottavia
Anni: 67.
Aspetto: minuta e carina.
Professione: casalinga mai in pensione.
Carattere: tanto severa quanto il marito è sorridente e conciliante.
Difetti: fissata con le pulizie e l'ordine.
Pregi: bravissima nei lavori a maglia.
Nonno Egidio
Anni: 71.
Aspetto: possente e barbuto.
Professione: bancario in pensione.
Carattere: tanto sorridente quanto la moglie è chiusa e severa.
Difetti: patito degli scacchi.
Pregi: fa sempre bei regali a tutti.
Pigrizia (12 anni)
Fiore (9 anni)
Carciofo (16 anni)
Erbetta (13 anni)

Edera
Anni: 14.
Aspetto: magrolina e carina.
Professione: studentessa ginnasiale.
Carattere: silenziosa e generosa.
Difetti: timida e un po' introversa.
Pregi: fantasiosa e amante della natura e degli animali.

Eva
Anni: 5.
Aspetto: rotondetta e ricciolina come Emma.
Studi: ultimo anno della scuola materna.
Legami: speciale con la sorella gemella Emma.
Carattere: più dolce di Emma ma meno coraggiosa.
Difetti: incerta e insicura.
Pregi: dolcissima.

Emma
Anni: 5.
Aspetto: rotondetta e ricciolina come Eva.
Studi: ultimo anno della scuola materna.
Legami: speciale con la sorella gemella Eva.
Carattere: meno dolce di Eva ma più coraggiosa.
Difetti: capricciosa a gogò.
Pregi: simpatia e sorrisi.

Annalisa
Anni: 44.
Aspetto: robusta, ricciolutа e alta di statura.
Professione: illustratrice di libri per bambini.
Carattere: ferma e autorevole.
Difetti: distratta e un po' confusionaria.
Pregi: creatività e passione per colori e botanica.
Sposata con Federico da 24 anni.

Nonno Camillo
Anni: 74.
Aspetto: calvo e magro.
Professione: rappresentante in pensione.
Carattere: tanto irascibile quanto la moglie è paziente.
Difetti: un po' brontolone.
Pregi: generoso.

Nonna Esmeralda
Anni: 69.
Aspetto: rotondetta e bassa di statura.
Professione: maestra in pensione.
Carattere: tanto paziente quanto il marito è irascibile.
Difetti: un po' tradizionalista.
Pregi: lettrice accanita.

Fulmine (15 anni)
Gelsomina (14 anni)
Radicchio (11 anni)
Maciste (17 anni)
Nerone (10 anni)

NON-È-NORMALE.

Torno alla realtà per colpa del silenzio innaturale che regna in casa nostra.

Non sono abituata al silenzio. Per fortuna, invece il caos è lo stesso. Infatti, come in ciascuno dei trecentosessantacinque giorni di ogni anno, *Madame Confusione* abita in via degli Orti numero 136. Con noi. È un coinquilino cui siamo abituati. Forse anche affezionati. ;-)

Riguardo alla confusione sempre presente, mamma Annalisa dà parte della colpa alle gemelle, che sono due *fabbricaguai*, ma anche a me, che ho quasi quindici anni ma che sono ancora la regina di tutti i *fabbricadisordine.*

Su questo argomento spinoso sono costretta a essere d'accordo con lei. E i fatti lo dimostrano. Anche oggi, come sempre, il salone è stracarico di oggetti di tutti i tipi. Sono per terra. Sono sui divani. Sono ovunque.

Come se non bastasse, il nostro salone è anche un'allegra e coloratissima serra: piante, vasi e fiori spuntano dappertutto. Per di più il parquet è ricoperto di giocattoli di tutti i tipi.

Cerco con lo sguardo uno spazio che sia vuoto. Drammatico, ma non lo trovo. Sarà colpa del fatto che la nostra è una famiglia numerosa? O piuttosto, è un problema irrisolvibile di *disordinecronicoinnato*? Propendo per la seconda ipotesi.

Di fianco al divano ad angolo color rosso inferno, c'è una pila di libri formato *TorrediPisachependemachemaicadegiù*. A casa nostra pure i libri sono *di casa*, e i colori sono addirittura nostri parenti stretti… Scatole di pastelli a cera e di matite colorate spuntano come germogli, mentre acrilici e tubetti di colori a olio fioriscono sui cassetti e sui ripiani della libreria a parete.

TORREDIPISACHEPENDEMACHEMAICADEGIÙ

Mia madre Annalisa è un'illustratrice di libri per bambini, ed è molto apprezzata nel suo campo, perciò noi figlie siamo cresciute con l'odore delle misture di colori nelle narici, e con tutte le tinte dell'arcobaleno negli occhi.

Vado in cucina. È grande quasi quanto il salone e allo stesso modo piena di ogni genere di oggetti ma vuota di familiari.

Sui fornelli, borbottano e scoppiettano quattro pentole fumanti. Nel forno cuoce qualcosa che profuma di arrosto ma anche di dolce. Però, intorno a me, zero familiari. :O

Dove sono finiti tutti?

Salgo al piano di sopra. Camere, bagni e corridoio sono disordinati e "vissuti" ma vuoti di umanità, perlomeno della consueta umanità rumorosa cui sono abituata. L'unica eccezione? Il solito ragnetto indaffarato che nessuno di noi elimina per compassione, e che sta rintanato nel suo angolo.

Siamo sei ecologisti convinti e amiamo gli animali senza eccezioni.

Mi rifugio in camera con un sospiro soddisfatto: è la mia tana.

È un peccato che io debba dividere la camera con Carlotta. In effetti, la stanza è letteralmente divisa in due: da un lato il caos primordiale, dall'altro un ordine quasi divino; da una parte, vestiti spiegazzati e sparpagliati, libri ammonticchiati ovunque e il letto disfatto, nell'altra, spazio libero, armadio organizzato, libri sulle mensole, e letto senza pieghe.

MEA CULPA!

MERITO SUO.

Do un'occhiatina al mio letto: come sempre è un vero disastro. Coperta e lenzuola sono informi, il cuscino ha sostituito lo scendiletto, il materasso è visibile. Forse, però, il letto mi sembra invitante per questo. Mi ci tuffo così come sto, e il mio letto cigola, dondola, fatica. Ma mi accoglie, come sempre.

Tiro fuori dal tarta-zaino *Il Linguaggio dei fiori*. Accarezzo la copertina. Avvicino il volume al naso, lo sfoglio e annuso le illustrazioni. Non odorano di fiori ma di tempo. Non vedo l'ora di leggere tutti i segreti sui fiori che il libro promette, però ora non posso perché la mia prima missione è scoprire dove siano finiti tutti.

Poso il libro sulla coperta, mi sollevo ed esco dalla mia camera.

Non mi resta che un'ultima possibilità per ritrovare la mia famiglia: la veranda. È una costruzione di legno e di vetro, che prolunga la nostra villetta verso il giardino. D'inverno è fredda e inospitale, invece adesso è confortevole, luminosa e fiorita. Però di solito la veranda è il regno esclusivo di mamma e mio, perché la usiamo come serra, d'inverno, e come laboratorio di botanica, d'estate.

Corro là, sperando di trovare qualcuno che mi spieghi l'arcano.

Il Linguaggio dei fiori

Capitolo 4

Cuori in affitto, Sentimenti in vendita

"Se si costruisse la casa della felicità, la stanza più grande sarebbe la sala d'attesa" ha scritto Jules Renard. La sua è una saggia considerazione... Devo rifletterci su. ;-) Renard è stato uno scrittore e un aforista francese, nato nel 1864 e morto nel 1919. Il suo libro più famoso s'intitola Pel di carota.

Perdindirindina, sono tutti riuniti in veranda. Sono seduti in cerchio intorno a Carlotta, che, col naso all'insù e con una buffa aria da cospiratrice, sta raccontando qualcosa che sembra vitale. Emma ed Eva, sedute per terra vicino a Carlotta, parlottano tra loro e ridacchiano, dandosi energiche gomitate e tirandosi i capelli. Papà cammina avanti e indietro, come fa ogni volta che qualcosa lo preoccupa all'inverosimile. Sulla sua fronte, noto una ruga che ieri non c'era.

L'espressione cupa ed enigmatica di mamma non è da meno e offusca persino le macchie di acrilico che decorano la sua tuta da lavoro come fiori in un prato. Che cosa le succede? Nonostante i tanti colori, ma' ha una faccia da funerale.

Comincio a pensare che una cattiva stella stia vegliando su questa domenica o che tiri vento di burrascosi guai. Alla faccia dell'ottimismo. ☹

– EDERA! Finalmente! – esclama mamma appena mi scorge. E si alza in piedi di scatto.

– EDEVAA... Eva ova! – le fanno eco Emma ed Eva, sollevandosi anche loro. E ululano come due lupacchiotti. ***UUUH! UUUH! UUUH!***

Carlotta ammutolisce e mi fissa severamente. Senza parlare.

– Ciao a tutti. Come mai siete qui? – mormoro un po' in imbarazzo. – Che c'è? Una riunione di famiglia?

Mi fissano tutti e cinque interdetti. Poi, mamma risponde seria:

– Sì. Riunione straordinaria.

Sorrido, sperando che lei scherzi. Mamma rimane in silenzio e assorta.

– Giorgio non c'è? – domando, notando la sua assenza. – È successo qualcosa?

Emma ed Eva girano i pollici verso terra in segno di sconfitta. Poi Eva sussurra:

– Arrivi tardi. Sei in ritardo.

– In ritardo per cosa? Che succede?

Pa' fa spallucce, però il suo viso tradisce una disperazione quieta. :O

– Sei in ritardo per la verità – esclama Carlotta risentita.

– Come? Che? – chiedo, certa di non aver capito.

– Ti sei pessa il finale della stoia, Edeina – dice solennemente Emma, trascurando la "erre". Ha appena compiuto cinque anni, ma quando parla, tralascia ancora alcune lettere o le storpia. Spesso Eva la imita e la canzona, scatenando litigi furiosi. Non stavolta.

– Quale storia? – chiedo.

Eva mi si avvicina rapida e silenziosa come un lupacchiotto affamato. Sta per sussurrarmi qualche segreto sconcertante all'orecchio, quando…

– La MIA storia – precisa Carlotta. Adesso ci fissa tutti, sfidandoci con gli occhi. – Per di più, riguardo al finale non vi ho detto tutto. Non ancora. Lo farò, ma a modo mio e a tempo debito. E sarà un finale a effetto.

Mamma e papà la osservano come se fosse un'aliena. Nei loro occhi leggo paura, incredulità, smarrimento, persino impotenza.

– Che cosa aspetti a farlo? – le domanda mamma.

– Boh, forse il momento giusto. È meglio così, credetemi.

Mi sembra di intravedere ma' che rabbrividisce. Perciò guardo Carlotta con maggiore attenzione. Oggi ha un'espressione che non le ho mai visto prima e che non so decifrare. Ma come tutte le volte che la osservo bene, mi ritrovo anche a stupirmi di quanto sia bella. Non ha difetti apparenti né contrasti di colore. Sembra il soggetto di un quadro riuscito. Invece io? Come e cosa sembro io? Forse uno *sgorbio viola*, come ripete lei da sempre?

In confidenza: è già una faccenda difficile avere delle sorelle. Quando poi sono anche belle e irraggiungibili, diventa una missione quasi impossibile.

Guardando Carlotta senza incertezze mormoro, pacata:

– Ora sono qui anch'io. Raccontatemi tutto.

Ma' sospira, si siede di nuovo e incrocia le braccia. Pa' la segue, e mi guarda dondolando la testa più volte, prima a destra, poi a sinistra. Sembra il vecchio pendolo di casa, ma molto più afflitto e sconsolato. Le gemelline si lasciano cadere a terra per gioco, con facce da attrici.

– Ho lasciato Giorgio – mi riferisce Carlotta seccamente.

– Definitivamente. E non tornerò indietro sui miei passi. È inutile che vi immischiate.

Ha scandito bene le parole, perciò sono sicura di aver capito. Però sono altrettanto certa che sia impossibile. Lei e Giorgio rappresentano la coppia perfetta, da ben quattro anni. E stanno già costruendo un futuro insieme. Stanno cercando casa e facendo progetti, da un po'.

– Hai lasciato Giorgio? – esclamo. – TU?! E perché?

– Già! Perché? – esclama papà.

– Pecché? Pecché? Pecché? – gli fa eco Emma.

– Beh, gli amori finiscono – ci dice, guardandoci tutti negli occhi. Pare volere convincerci a tutti i costi. – SI-SPEN-GO-NO!

– Anche le stelle si spengono, vero, mamma? – chiede Eva.

Ma' le fa cenno di sì. Con convinzione. Noto che i suoi occhi diventano lucidi come specchi.

– E gli amori morti finiscono tutti lassù? Sulle stelle spente? – chiede ancora Eva. A causa dell'età, domanda spesso dettagli sulla morte. Lei adora Giorgio, e lui ha un debole per le due cucciole di casa, ma soprattutto per lei.

Forse dovrei usare l'imperfetto "adorava"?

Ah, l'ingenuità e la soavità dei bambini… Beati loro. Ripenso alla frase bomba che Carlotta ha appena pronunciato. Poi balbetto:

– Ma-ma-ma... Co-come mai lo-lo hai la-lasciato?

– Mi sono innamorata di un altro. Fo-lle-men-te – esclama. – Voglio stare con lui per sempre. Punto e basta.

Le mie gambe diventano molli e inconsistenti come budino. Mi lascio scivolare a terra e mi accoccolo vicino alle mie due sorelline, sperando che la loro vicinanza mi consoli. Intanto ripenso alla cattiva stella che oggi ci veglia.

Mormoro:

– Innamorata? Di un altro? E da quando?

Lei fa una pausa. Ci guarda tutti. Infine risponde:

– Ebbene… Già da due mesi. Due lunghi lunghissimi mesi.

– CHE? – strilla mamma. Ora sembra fuori di sé. – Hai lasciato Giorgio dopo quattro anni insieme, per un tizio che conosci da due mesi? Dimmi che non è vero, CARLOTTA!

Lei annuisce. Ed esclama:

– Invece è così. È la verità.

– Non sarà uno dei tuoi soliti capricci? – domanda pa'. Il suo tono di voce è cauto ma speranzoso.

– Non sono più una bambina capricciosa, pa'. Da parecchio. Non te ne sei accorto? Ora sono una donna, innamorata finalmente dell'uomo giusto.

Impallidisco: per l'impressione, per il dispiacere, per la sorpresa, per l'incredulità. Giorgio mi è così caro che è un *quasifratello*. Per tutta la famiglia è così. Lui è uno di noi da quattro anni. Troppo tempo.

Stavolta Carlotta guarda soltanto me, con aria di sfida.

– Te l'assicuro, Edera: può capitare. Per me, Giorgio è il passato. Io voglio vivere il mio presente. E devo programmare il mio futuro. Mi dispiace.

Mi giro per evitare di guardare la faccia di Carlotta: la sua espressione indifferente (persino soddisfatta) mi dà sui nervi. Perciò libero lo sguardo. Lo lascio volare via, oltre la vetrata della veranda.

Per tutti i baobab giganti! Fuori il tempo sta cambiando. A dispetto delle previsioni meteo, dell'apparenza primaverile, delle nostre attese.

Nuvoloni scuri tirano il vento per il suo grigio mantello. Lampi lucenti e tuoni brontoloni promettono scintille e magia. Il sole è fuggito via, spaventato dal cupo fracasso.

Noto il prato di casa spettinato e le margherite spogliate dei petali più fragili. In questo momento, vorrei avere tra le mani una tavolozza magica con tutti i colori dell'universo: pitturerei di blu il panorama cupo, le ombre scure di rosa, le nuvole grigie di azzurro e di giallo. E vorrei che le lacrime si tramutassero in sorrisi. Insomma, vorrei un'artistica inversione di tendenze. E invece, ogni minuto di più, il tempo peggiora. Persino la mia vita peggiora, e si confonde. E tutto questo all'improvviso.

Mi sento un po' tradita anche dalla natura, che di solito mi è amica.

Sicuramente le nostre nove tartarughe si sono infilate sotto terra, e già dormicchiano indifferenti. Dipendono dal sole, come e più dei girasoli. Niente sole in cielo? Beh, niente tarta in giro. È una costante. Anche loro, come me, sono refrattarie ai cambiamenti bizzarri.

Rifletto che invece tutto cambia. Tutto muta costantemente, nonostante i nostri sforzi e le nostre speranze.

Nonna Smeralda me lo ripete da anni; sinceramente, però, non le ho mai creduto. Nemmeno io sono preparata ai cambiamenti. Mai stata. Men che meno a quelli radicali e dolorosi.

È colpa dell'adolescenza o è così per tutti? Chissà.

Quando riporto l'attenzione sul *gruppo-riunione-straordinaria-di-famiglia* di cui faccio parte, temo di avere perso qualcos'altro d'importante. Qualche ennesimo tassello di questo strano, intricato puzzle. Possibile che la storia non sia finita qui? :/

TUTTO CAMBIA!

Da cosa lo capisco? Beh, dalle facce e dalle parole che aleggiano ancora intorno a noi. Oltretutto mi pare di sentire puzza di bruciato: in senso letterale. Nell'aria c'è odore di carne bruciacchiata, ma la mia attenzione è calamitata dai comportamenti del resto della famiglia.

– Allora devo andare a cambiarmi? – sta domandando mamma. E controlla con aria sconsolata le macchie di colore che la decorano come un quadro impressionista. Ha i capelli disordinati, la tuta da lavoro, le mani impastate di olio di lino e di trementina.

Corrente artistica ottocentesca nata in Francia e durata fino ai primi del Novecento. Gli artisti dipingevano all'aperto e usavano spennellate romantiche e veloci.

– Mi sembra doveroso, mamma – mormora Carlotta. – Anche tu, pa'.

Che aria saccente. ☹

Senza altre parole né repliche, mamma ubbidisce, si alza e se ne va a schiena curva. Non l'ho mai vista così giù...

Non è da lei.

Papà segue mamma, mogio mogio.

– Dobbiamo cambiavci anche noi? – chiedono in coro Emma ed Eva, saltellando. Indossano le tute comode della domenica, hanno le guance rosse di sole e di corse, e le treccine in disordine. Ma sono deliziose, e molto naïf.

– Se non volete sembrare due scimmiette sporche... – risponde Carlotta.

– Emma ed Eva non sembrano scimmie. E sono belle sempre ovunque e comunque – le difendo.

Ma le due gemelline si stanno già allontanando, più veloci di un pensiero. E seguono ubbidienti ma' e pa'.

Tutti e quattro in fila, come soldatini, con il *generale Carlotta* che comanda gli spostamenti.

– Tu rimani così? – mi chiede Carlotta. Il suo sopracciglio sinistro mi valuta, mi giudica, mi boccia.

– Perché? Dovrei cambiarmi?

– Hai capito cos'ho detto poco fa?

– Certamente. Hai detto che sei una donna finalmente innamorata dell'uomo giusto.

– E poi? – investiga, con aria severa tipo Sherlock Holmes.

Rimango in silenzio: in effetti, ho ignorato delle battute, persa com'ero dietro alle nuvole e alle considerazioni filosofiche. Ehm.

Così lei ripete per nulla stupita, e con un tono molto annoiato:

– Ho detto che Marco verrà a pranzo da noi oggi. Per conoscervi.

Potrei chiamarla collolungo quando lei insiste a dirmi sgorbio viola!

– E chi è Marco?

– MARCO È LUI! Il mio nuovo lui! – strilla Carlotta irritatissima. In questo istante non è più così bella: assomiglia a un'anatra starnazzante.

– Ma chi? Il sostituto di Giorgio? – sintetizzo, con una piccola dose di cattiveria.

In realtà sono sconvolta: che le prende? È impazzita? Lei ha sostituito Giorgio in un baleno e ora pretende che anche noi facciamo lo stesso?

Mia sorella maggiore mi fissa disgustata come se avesse davanti un essere ripugnante e strano. Poi mi ripete soltanto:

– TU resti conciata così?

Annuisco più volte, convinta. Non assecondare le richieste di mia sorella mi sembra la strada più facile per ribellarmi alle sue imposizioni. Forse l'unica. Non permetterò che mi arruoli nel suo esercito di soldatini ubbidienti.

Per quanto concerne la forma, so bene di essere a piedi scalzi. So di indossare degli shorts sdruciti sopra vecchi leggings viola bucherellati. So anche di essere spettinata e di sembrare una hippie in odore di anni sessanta. Perciò resterò così! Cascasse il mondo.

Questo tizio nuovo che ha sbaragliato il nostro Giorgio se la vedrà con me.

Il Sostituto di Giorgio :(

Capitolo 5

Sta per arrivare la fine del mondo? Del mio, forse sì

> "NON TI PREOCCUPARE DEL FATTO CHE IL MONDO POSSA FINIRE OGGI. IN AUSTRALIA È GIÀ DOMANI".
> Parole illuminate.
> Chi le ha dette? Charles M. Schulz per mezzo di Marcie dei Peanuts. Togo!

È passata poco più di un'ora dall'annuncio choc di Carlotta eppure mi sembra che siano passati giorni. Eh, sì, perché nel frattempo, a casa nostra è successo di tutto. Tanto per cominciare, pa' e ma' hanno bruciato l'arrosto e le patate: è la prima volta che capita in quattordici anni (cioè, da quando sono nata). Perciò il nostro pranzo domenicale non prevederà la seconda portata né il contorno. Ecco che alcuni tasselli del puzzle stanno tornando a posto: la puzza di bruciato che avevo sentito rientrando a casa era l'arrosto.

Al guaio successivo ho provveduto io stessa tirando fuori troppo presto il soufflé dal forno. Volevo evitare che sapesse di bruciacchiato. Invece, in men che non si dica il povero dolce si è afflosciato come se fosse stato d'aria.

A pranzo dovremo fare a meno anche del dolce. Evviva

le sane abitudini alimentari che prevedono dieta stretta... Oggi le seguiremo fedelmente.

Per correre a guardare il soufflé super-floscio Emma ed Eva sono cadute dalla scala con conseguenze disastrose: tre ginocchia su quattro sbucciate, due nasi su due ammaccati, quattro dita su otto scorticate, due jeans nuovi su due strappati.

Perciò, *ahinoi*, le gemelline *combinaguai* piangono sconsolate già da un po'. Mamma sta tentando inutilmente di consolarle, e intanto accumula ritardi su tutta la linea: ha rinunciato a improvvisare un secondo piatto sostitutivo, indossa ancora la sua tuta da lavoro ed è cosparsa di macchie di colore.

Con un brivido, prevedo il deragliamento del nostro *treno-famiglia* e temo l'arrivo anticipato del nuovo *rapido* invasore.

Di catastrofe in catastrofe, Giorgio sta telefonando a ripetizione: al fisso di casa, al cellulare di Carlotta, al mio cellulare, persino sul telefonino di mamma e di papà.

Finora nessuno di noi ha avuto il coraggio di rispondergli. Come faremmo d'altronde? Che cosa potremmo dirgli? Che ci dispiace averlo perso per sempre? E che non possiamo aiutarlo in nessun modo?

Giorgio è uno di noi, uno della famiglia. Ha anche il suo posto speciale nell'albero genealogico. Come si farà? Mamma dovrà cancellarlo dal quadro e sostituirlo con un estraneo?

Per tutte le foreste pietrificate! Che tristezza. E che ingiustizia.

Nella mia testa si formano tante immagini di cento momenti felici o difficili, come foto incollate su un album prezioso. Le immagini sono a colori o in bianco e nero:

La foresta pietrificata è uno dei più importanti parchi nazionali degli Stati Uniti. Custodisce resti fossili risalenti al Triassico. Veramente mitico!

1 *La prima volta che Giorgio venne a pranzo da noi Emma ed Eva erano influenzate. All'epoca le gemelle avevano un anno: gli vomitarono tutta la pappa addosso. Lui non batté ciglio, anzi aiutò mamma a misurare loro la febbre e dette una mano a ripulire.*

2 *Non avevo ancora compiuto undici anni che già Giorgio m'insegnava ad andare sui Rollerblade. Lui mi regalò i primi roller, nonostante le incertezze di mamma.*

3 *Nell'annus horribilis del passaggio in prima media, Giò mi dette ripetizioni di mate per mesi. Gratis, e con tanta pazienza. Alla fine presi otto.*

4 *Si è sempre prestato a fare da modello per le tavole e le illustrazioni di mamma. Ha dato volto e gesti persino a personaggi buffi e strani: grilli, cavallette, orchi, folletti, omini col cappello a cilindro.*

5 *Ogni Natale, Pasqua e compleanno, Giò ha pensato a ciascuno di noi, senza dimenticare mai un regalo, e senza mai saltare una visita o gli auguri. E poi, ha sempre dato a tutti noi consigli e sorrisi, senza risparmio.*

6 *Infine, e non è poco, la pazienza e l'affetto di Giò smorzano da quattro anni gli eccessi di Carlotta.*

Non-è-giusto. Punto e basta.

Anno "terribilissimo"! Se leggesse la prof di italiano... Ohi, ohi, sarebbero dolori.

Come se non bastasse, per colpa della confusione generale, *Peppe* è rimasto aperto, così Maciste, Nerone, Carciofo e Fulmine (i quattro *tartarugotti* maschi più agguerriti) sono entrati in casa a mo' di spedizione punitiva. Sono stati seguiti di soppiatto da un gatto persiano spelacchiato e sconosciuto, dall'aria *artigliosa*, e da un merlo vecchiotto ma arzillo.

Quali le conseguenze? Be', svariate e disgustose: divano ad angolo macchiato in più punti e irrimediabilmente graffiato, impronte di terra e pietrisco dappertutto, resti di gusci di lumache in ordine sparso, penne nere, palline di pelo a gogò. *Bleah.*

E ancora non basta. Pa' si aggira disperato dalla sua camera all'armadio guardaroba nel corridoio, perché non sa cosa indossare: d'improvviso i vecchi completi giacca e pantaloni gli sembrano tutti stretti o antiquati. Non è possibile! Anche la crisi di mezza età... Proprio ora? Che scelta di tempi.

Nel bel mezzo del caos apocalittico da lei creato, Carlotta ha pensato bene di sparire. Dileguarsi. Vaporizzarsi. Saggia decisione. Meom. :/

Presumo che si sia chiusa in camera. Presumo di conseguenza che si stia cambiando. Nonostante fosse già bellissima com'era prima? Già. Carlotta è così: secondo lei l'aspetto va sempre curato, l'apparenza rinforzata a tutti i costi, e la bellezza inseguita. A dispetto di tutto. Finisse il mondo.

Com'è possibile che siamo così diverse? Eppure abbiamo ma' e pa' in comune e intere schiere di geni... Dovrei domandare al papà di Geneviève: è un genetista famoso. Forse saprebbe svelarmi l'arcano.

E di me che ne è? Dopo aver annientato il soufflé per un errore sui tempi, e dopo aver riportato le quattro tarta rivoluzionarie e il *pirata-gatto* all'aperto, me ne sto seduta sulla scala di legno che porta al piano di sopra. Senza scarpe, senza speranza di raddrizzare questa giornata stortissima, e senza la benché minima voglia di avere tra i piedi ospiti inopportuni.

Spero, fortissimamente spero che il nuovo boy di Carlotta non trovi mai la nostra via. Finché…

PII-PII-PII-PIII-PIII!

Un cicalino interrompe i miei pensieri. Ohi, ohi.

Sbuffo. E temo. A piedi nudi corro al citofono, evitando palline di pelo, terriccio e foglie grazie a saltelli drammatici. Poi chiedo, con voce forzatamente piatta:

– Chi è?

– Marco Felloni.

Arisbuffo. Come volevasi dimostrare, le mie fievoli speranze non si sono realizzate. Strillo:

– CARLOTTAAA? C'è il TUO tizio!

La voce di mia sorella arriva da distanze siderali.

– IVY? APRI TU? ARRIVO SUBITO…

Faccio spallucce e schiaccio il pulsante che apre il cancello del giardino.

Ho ancora qualche istante prima che l'ospite indesiderato invada casa nostra. Al liceo Dante, il prof di storia e filosofia ci sta spiegando il valore del tempo per i filosofi greci. L'argomento è difficile ma bellissimo.

In un baleno decido di ispirarmi al filosofo **Plotino**, che scriveva:

"Il tempo è un'espressione dell'anima".

Un tempo il tempo scorreva lento, oggi il tempo vola via appena in tempo.

Perciò probabilmente il tempo è un'altalena di sentimenti, ed esprime la percezione dei differenti momenti e moti dell'animo. Ora dunque il tempo è una tempesta inarrestabile: rovescia attimi che durano lunghi minuti.

Mentre aspetto, con l'animo in tumulto e con i pensieri in tempesta, decido di dare il peggio di me. ;-)

Lo faccio per Giorgio. Voglio ringraziarlo delle ripetizioni, dell'affetto, dell'amicizia, del tempo che ci ha regalato.

Plotino nacque a Licopoli, in Egitto, nel 203 o nel 205 e morì nel 270. Fu uno dei più importanti filosofi dell'antichità, erede di Platone e padre del neoplatonismo.

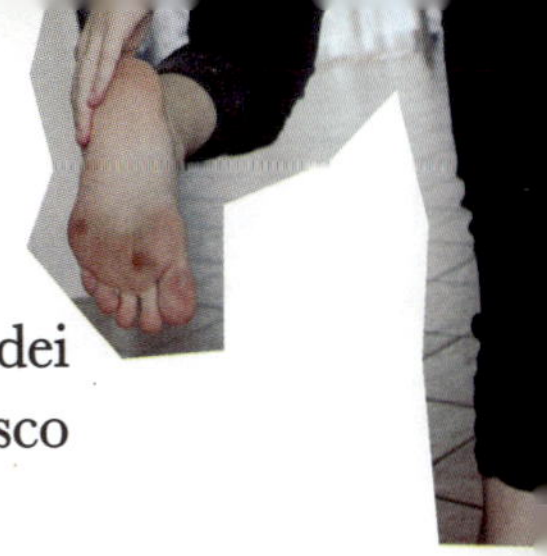

Mi spettino di più i capelli. Controllo se le piante dei piedi sono nere quanto basta. Scopro il tatuaggio. Esibisco un'espressione scocciata. Infine apro il portone.

Di fronte a me c'è un mazzo di fiori gigantesco, dimensione orchessa. Il mazzo è ad altezza d'uomo. Rose rosse a profusione, rami d'edera e caprifogli candidi sono disordinatamente insieme. *Uahuu... Bello bellissimo.*

– Buongiorno – esclama una voce nascosta tra i fiori. – C'è Carlotta?

– 'Giorno – rispondo, senza gentilezza. – Sì. Un attimo.

Quello scansa a fatica l'enorme mazzo dal viso e lo inclina a sinistra.

Da quel poco che vedo, il tizio che ho davanti sembra in tiro. È castano, magro, abbastanza alto... È?! No, non-è-possi-bi-le. Forse gli assomiglia soltanto.

Il tizio mi fissa. Pare riconoscermi. Io lo guardo meglio e... *Perdindirindina*, sì! È proprio lui! Davanti a me c'è lo stesso soggetto con cui mi sono scontrata al parco. Il tizio odioso di stamattina... NOO!

La mia espressione muta drasticamente. Altro che esageratamente scocciata, ora sono attonita, esterrefatta, sbalordita.

PER TUTTE LE CODE DI COCCODRILLO! PER TUTTI I CARAPACI DI TARTARUGA! Questa faccenda è assurda.

Tanto per la *par condicio*, sembra basito anche lui. Per lunghi istanti ci fissiamo increduli. Paralizzati sulla soglia. Poi, però, il tizio si riprende. Mi scruta dalla testa ai piedi, con la solita espressione odiosa. Infine…

– Ancora a piedi nudi? E ancora spettinata? – mi chiede ironicamente. – Ti piace proprio lo stile hippie, eh?

– Per lei è un problema? – domando.

Sono di nuovo scocciata. E arrabbiatissima. Non posso credere che il tizio di cui si è invaghita Carlotta sia lui. L'ultimo al mondo che avrei voluto. Rimpiango Giorgio ancora di più. Tiferò per lui per l'eternità.

È la fine del mondo. **SIGH**.

– Certo che no. Non è affar mio – risponde.

– Appunto.

– MARCO, tesoruccio! Entra! Che cosa fai fermo sulla soglia della porta? – esclama mia sorella, apparendo dal nulla. Non mi guarda. Non mi calcola.

– EDERA! – strilla poi Carlotta, nevrotica. – Perché non hai fatto entrare Marco?

– Non ne ho avuto il tempo.

– Perdonala, tesoro mio – esclama rivolta al tizio. – Edera è una delle mie sorelle: quella in seconda. Forse è intimidita o emozionata.

IO, una sorella in seconda? E IO, intimidita? E IO, emozionata? Carlotta è **fuori**! Ora ne ho le prove. Sta sbarellando di brutto.

Non le rispondo per educazione, perché altrimenti dovrei spedirla altrove. ☹

D'improvviso mi afferra una voglia terrificante di essere anch'io altrove. In un *chissàdove* lontanissimo da qui.

Capitolo 6

Ricordi, pensieri, desideri, speranze

"Il ricordo è una maniera di incontrarsi".
Triste ma vero. Ne era convinto Khalil Gibran.
Sul potere dei ricordi ha riflettuto e scritto
anche Cesare Pavese. Ecco il suo pensiero:
"Non si ricordano i giorni, si ricordano gli attimi."

DRIIN! DRIIN! DRIIN! DRIIN! DRIIN! DRIIN!

Il telefono fisso di casa squilla d'un tratto e interrompe ricordi, pensieri, desideri, speranze.

Intanto Carlotta tira dentro casa il tizio invasore di spazi e di cuori altrui, e anche il suo mazzo esorbitante. Poi lo ringrazia per i fiori e li prende in consegna, con aria disinvolta. Carlotta è abituata a ricevere fiori dai suoi ragazzi: Giò glieli regalava molto spesso. E anche gli altri. Ma nessuno di loro ha mai saputo la verità. E cioè che lei avrebbe preferito qualunque altra cosa ai soliti fiori e che, poi, una volta consegnati a lei, i fiori passavano in custodia a me per essere curati e annaffiati.

Carlotta comincia la ricerca affannosa di un vaso. Come sempre. È un copione già visto. Peccato che, tanto per cambiare, non conosca il ripostiglio dei vasi. D'altronde a lei non è mai interessato.

Allora, d'un tratto Carlotta si ricorda di me, che me ne sto un po' in disparte a valutarli. E mi domanda:

DRIIN! DRIIN! DRIIN! DRIIN! DRIIN!

– Cara, sai dove sono tutti i vasi da fiore?

Annuisco e gliene prendo uno al volo: il più vicino a me. Glielo porgo. Lei lo posa su un tavolinetto basso, vicino al telefono.

– Tesoruccio, dai, presentati formalmente! – esclama mia sorella guardando il tizio. Poi si libera del mazzo e lo appoggia tra le mie mani.

Lo afferro, sbuffando: è enorme ed esagerato.

– Piacere, *formalmente* io sono Marco, Marco Felloni – dice il tizio senza darmi la mano e senza sorridere. Mi guarda in modo enigmatico.

Vorrei leggere nei pensieri. Chissà se il tizio pensa tanto male di me quanto io di lui. Maleficamente lo confronto con Giorgio: ahimè, il paragone non regge.

– Il *mio* Marco – sussurra Carlotta. E lo bacia in bocca, con trasporto, avvinghiandosi a lui, come un rampicante al muro.

Di colpo i secondi si trasformano in spazi atemporali: forse il loro è un bacio da guinness? Forse i miei non sono mai stati veri baci? Forse ai miei manca qualche ingrediente sconosciuto?

– Invece io sono Edera – mormoro mentre li guardo fisso. Nella frazione di pochi secondi, confronto il mio settantasettesimo bacio con il loro.

Perdindirindina. Povera me... Meglio di no.

Con un brivido di freddo mi chiedo che cosa succeda all'amore dopo un po'. Per caso scade come qualunque altro semplice prodotto deperibile? Forse l'amore nemmeno esiste?

– Certo. Lei è Edera, detta Ivy – aggiunge mia sorella. Si separa dal tizio e interrompe i miei pensieri foschi.

– Sì, ma soltanto per gli amici – sintetizzo perfidamente.

– Dunque non per me – sussurra il tizio.

– Non vi stringete nemmeno la mano? – chiede Carlotta, scandalizzata da tanta freddezza.

– Veramente... io... devo mettere i fiori nel vaso – mormoro.

– Dalli a me – si offre lei, – ci penso io. Poi prende mazzo e vaso, va velocemente in cucina, riempie il vaso d'acqua.

Sento il gorgoglio. Il tramestio. Infine sento che torna.

Intanto noi eseguiamo il suo ultimo ordine, rimanendo un po' distanti e allungando le braccia. Però nel momento in cui le nostre mani si sfiorano, si ripete lo stesso mistero. Una scarica elettrica mi attraversa, mi sconquassa, mi sconvolge.

Pazzesco. È un incubo?

Ritraggo il braccio e abbasso gli occhi, colpita. Temo che il tizio di nome Marco sia una strana torpedine travestita da essere umano. Che sia il personaggio di un horror impiantato nella realtà? Boh.

– Che cos'hai fatto ai capelli, Ivy? – mi chiede intanto Carlotta. Voce scioccata e aria stralunata, mi sta fissando. Finalmente mi ha notato! E se ne è accorta. Be', meglio tardi che mai.

Sfacciatamente le rispondo:

– Li ho pettinati con cura, perché volevo farti fare bella figura. Poi sorrido a entrambi, con una faccia tosta da Oscar.

Mi sembra di intravedere l'ombra di un sorriso stampato sulla faccia da schiaffi del tizio. Forse è un sorriso di scherno? Boh. *Machiseneimporta!*

– Vieni, amore, ti presento al resto della famiglia – esclama

Carlotta, sorpassandomi come se fossi una mosca fastidiosa di cui vergognarsi un po'. Trascina il tizio con sé al centro della stanza tirandolo per la mano. Quello incappa nell'ordine in una palla di pelo schifosa, in un guscio di lumaca viscido, su un sasso aguzzo, ma con un sorriso di circostanza evita improperi o lamenti. E si ritrova davanti al resto della famiglia…

1 *Mamma Annalisa in abito elegante e tacchi alti. Unica nota stonata? Un matitone dietro l'orecchio e una macchiolina di blu su una ciocca.*

2 *Papà Federico in completo marrone stretto ma sartoriale. Unica nota stonata? L'aria smarrita da animale braccato.*

3+4 *Le gemelle Emma ed Eva ben vestite. Note stonate? Tante! Sono piene di cerotti, lividi e tracce di lacrime sulle guance.*

Mi risparmio altre presentazioni ufficiali salendo la scala furtivamente e sgattaiolando in camera.

Non posso resistere: oltre alla rabbia, provo una tristezza infinita.

Dov'è finito l'amore di Carlotta per Giorgio? Come può un sentimento che sembrava fortissimo sparire nel nulla? E come si può sostituire così facilmente un ragazzo come Giò con un altro?

Ho bisogno di sfogarmi con qualcuno. Afferro il cellulare e compongo il numero di Eden.

Squilla a vuoto per un po'; alla fine la solita voce registrata mi avvisa che la chiamata sarà trasferita alla segreteria telefonica. *Meom.*

Sento il mio ragazzo lontano come se fosse al Polo nord (più del Polo nord). Prendo dal letto il libro che mi ha regalato e lo stringo a me: piccola consolazione. Ma anche amara. Eden non è così spigoloso…

All'improvviso mi ricordo del compleanno di Greta. Ora sono certa che per un po' il mio ragazzo non sarà operativo. Eden è impegnato con la sorella e con la famiglia.

Alzo gli occhi al soffitto e sbuffo. E sbuffo ancora. E arisbuffo. Perciò noto un'ombra colorata che striscia sulla parete: è verde. È nera. E ha dei puntini arancioni sul dorso. Sembrerebbe un bruco. Ma è improbabile.

Afferro la sedia che è vicina alla scrivania e la trascino a metà stanza. Ci salgo sopra: la paglia intrecciata solletica i miei piedi nudi, ma me ne accorgo appena. Osservo bene. E invece sì, è proprio un bruco.

– Che ci fai qui, piccolino? – gli domando ad alta voce. – Ti sei perso?

Mi risponde con una contorsione acrobatica. E striscia.

– Come mai sei in camera mia, solo soletto?

Per tutta risposta, il bruco continua a strisciare verso *chissàdove*.

Mi chiedo che cosa ci faccia un bruco in camera mia. D'improvviso mi ricordo che bruchi simili erano sgusciati fuori da due ovetti che Diletta aveva trovato nel suo giardino, mesi fa. Poi, però, non so come sia andata a finire.

Mi riprometto di chiederglielo domani a scuola.

Intanto *l'ospite vermiforme* si blocca. Rimane fermo sul posto, in attesa.

Lo guardo soprappensiero e subito dopo fisso la pianta che è sotto di lui. La carnivora è su un vaso posato in un angolo. Immagino il *peggio del peggio del peggio*... Se il povero bruco dovesse perdere l'equilibrio finirebbe diritto sulla carnivora e sarebbe spacciato, perché la mia pianta domestica è un'autentica killer vegetale. È della specie Drosera: l'ho chiamata *AccipicchiaGnam* perché è vorace e inarrestabile.

Ma i bruchi perdono mai l'equilibrio?

Stavolta è impossibile tifare per una delle mie piante: aiuterò questo bruco "invasore" ma tanto tenero.

– Sei fuori zona – gli sussurro dolcemente. – Ora ti do un passaggio per il futuro. Non temere.

Avvicino il mio dito e il bruco accetta il passaggio. Sale sul mio polpastrello senza storie. Con cautela scendo dalla sedia e vado alla finestra. La apro, mi sporgo un po' e poso il bruco su un ramo del vecchio leccio che è a pochi centimetri da me. Il bruco si aggrappa al nuovo spazio, volenteroso e prosegue il suo viaggio, lento lento.

– Bene. Missione compiuta! Sei salvo – gli dico. Poi gli sorrido e lo saluto con la mano.

La Drosera cattura le prede mediante secrezioni vischiose che intrappolano. Spesso le sue foglie sono mobili e si avvolgono intorno alle prede per bloccarle per sempre. Poveri insetti... Si salvi chi può!

Subito dopo, però, la tristezza riprende il sopravvento. Mi ricordo che non ho Eden con cui confidarmi. Che nostalgia. E che confortevole abitudine, la sua presenza.

Forse potrei dirottare le mie ansie su Veronica, la mia amica *piùpiùpiù*. Incrocio le dita e spero che almeno lei sia raggiungibile. Seleziono il nome in rubrica: il suo profilo mi sorride e gli occhi penetranti e sfrontati mi sfidano a chiamarla. E come potrei non farlo? Lei è la mia riserva di consigli folli. È la mia vena di energie. È il mio salvagente in un mare in burrasca. È la banca che custodisce la mia riserva di ottimismo.

Digito un sms a Venus con rapidità felina e glielo invio:

HELP! HELP! HELP!
È la fine del mondo! =O
Carlotta ha lasciato Giorgio!

Tutti la chiamano Vero,
invece io l'ho soprannominata Venus.
Prima o poi mi scapperà detto perché...

Lei mi risponde tre secondi dopo: la solita patita della comunicazione. ;-)

Avida di conforto e di consigli, leggo voracemente la sua risposta:

NOOOOOOOO... NONCICREDO!

Ma nn dovevano sposarsi? C'è 1 altro, vero? ;-)

Posso kiamarti o 6 in SOS?

Sto per risponderle di sì, quando sento Carlotta urlare:

– EDERAAA? VIENIIII GIÙ!

E in sequenza ravvicinata, anche mia madre...

– A TAVOLA, IVY! È PRONTOO!

Al volo digito per Venus poche parole e gliele invio:

Sn in SOS estremo!

Ti kiamo dp! Smack.

Scelgo l'opzione-audio "silenzioso" dal menu del cellulare: se conosco Venus, mi tartasserà di sms e di chiamate. Oggi non posso. La situazione è già abbastanza difficile.

Infilo in fretta un paio di orribili calzini verdi a pois e le scarpe più brutte e più strambe del mio vasto repertorio: non voglio che Carlotta e il suo nuovo boy si facciano vane illusioni. ;-)

Look
da magazine
alla moda...
;-)

Afferro uno zainetto vuoto color muschio, ci infilo il cellulare e il libro nuovo. Metto lo zaino a tracolla come un trofeo. Poi scendo con aria rassegnata e con zero intenzione di partecipare. Ho voglia di assistere alla conquista di casa nostra da parte del tizio torpedine quanta di togliermi un dente senza anestesia.

Capitolo 7

Pollice verde, umore nero

"I veri amici sono come il muro e l'edera: insieme stanno in piedi e insieme cadono." Parola di Thomas Carlyle (1795-1881), storico, saggista e filosofo scozzese. Penso a Venus: se io sono l'edera, lei dovrebbe essere il muro. Ehm, ehm, in effetti, Venus è testarda come un... muro.

Come volevasi dimostrare, fin dall'inizio il pranzo domenicale assume l'aria di una brutta caricatura. Ma' e pa' sono presi dalla necessità di sembrare ospitali, anzi, persino contenti della novità. Carlotta è presa soltanto dal suo nuovo amore. Il tizio torpedine è preso dalla smania di fare una figura appena decente. Le gemelle e io siamo prese dal desiderio che il pranzo finisca al più presto.

Osservo la tavola ordinata e linda, il centrotavola con le candeline ancora accese, le gemelle sedute composte, l'atmosfera pacata, ma' e pa' in ghingheri... Arrivo a una conclusione: ce la stiamo mettendo tutta per sembrare normali. Che cosa significherà, poi, essere normali? E la nostra, è una famiglia normale? Tutte le famiglie che conosco sono allegramente anormali, un po' pazze e strambe, o peggio ancora problematiche, fragilissime o divise. La nostra non fa differenza. È buffa, caotica, multicolore, spesso sconclusionata. *Ehm*. Però è unita, ed è la mia famiglia: ne sono fiera. Sempre.

Ma' annuncia ridendo:

– Volevamo essere originali a tutti i costi, perciò oltre ad aver bruciato l'arrosto, abbiamo pensato bene di annientare anche il soufflé. Oggi ci sarà una variante importante al solito menu: niente torta.

– Non si preoccupi, signora – esclama torpedine.

– Evviva la dieta ipocalorica – aggiunge pa' mogio. Sembra più giù di morale per il dolce che per tutto il resto.

– Sei magro come un chiodo, pa' – dice Carlotta, – tu non hai bisogno di diete.

– Invece io faccio per due – esclama mamma, indicando la linea molto morbida e la statura importante.

– Lei è bellissima così, signora – mormora torpedine, con voce melliflua.

Per tutti i cactus, quanto lo odio!

Ma perché mai un tizio così odioso deve essere così carino?

– Marco, puoi chiamarmi Annalisa, se vuoi – dice mamma. E sorride.

Intanto Emma ed Eva piagnucolano tra loro. Poi la seconda esclama:

– Per colpa del soufflé, Emma ed Eva sono cadute dalle scale. Abbasso il soufflé anche se è buono.

– Invece io voio il soufflé di banane colla salsa al cioccolato! – strilla Emma capricciosa. – Voio mangiave il soufflé! E voio il cioccolato...

– Io avrei un'idea – dice torpedine e si rivolge a mamma.

– Dimmi pure.

Il tizio elettrico si alza da tavola e si avvicina a mia madre. Poi le chiede:

– Signora, lei ha del cioccolato? Cioè, ehm... Annalisa, hai del cioccolato?

– Certo. A tavolette.

– Hai anche dei biscotti secchi?

– Sì – risponde mamma, lanciando un'occhiata incerta verso papà.

– Bene. Perfetto. Posso accompagnarti in cucina?

– Certamente.

Si avviano verso la cucina, seguiti dagli sguardi di tutti, e da Carlotta, che sembra diventata una protesi di torpedine. Pochi secondi più tardi anche Emma ed Eva trotterellano dietro di loro, speranzose.

Sono sicura che tra qualche altro istante anche papà li raggiungerà in cucina, perciò ne approfitto per eclissarmi di nuovo. Mi sento così amareggiata che non c'è dolce che tenga.

Lo yoga del cuore? Mah.

Mi rifugio in giardino, con un sospiro che è quasi un boato. Che sollievo: *la quiete dopo la tempesta*.

"La quiete dopo la tempesta" è una poesia dell'Idillio di Giacomo Leopardi. La scrisse nel 1829.

Ogni volta che sono arrabbiata, inquieta o triste mi sfogo piantando, concimando, seminando e curando le piante. Anche per questo il nostro giardino è più verdeggiante e più fiorito del parco pubblico della città.

Tolgo lo zainetto color muschio e lo poso sull'erba. So già che tra poco sarà visitato da famigliole di formiche che vogliono fare il picnic, e spolverato da farfalle in atterraggio libero. Ma sono certa che ai libri piacciano formiche, farfalle, coccinelle, eccetera. **Mi piace pensare che la carta conservi memoria di quando era albero.**

Raccolgo un rametto da terra, improvviso uno chignon e infilo il rametto tra i capelli a mo' di forcina. Poi recupero un fiore di lillà caduto e lo infilo dietro l'orecchio.

Che simbiosi.

Mi piace pensare che la carta

È pomeriggio. La luce smorzata del sole tinge il mondo di rosa e di azzurrino. L'aria è frizzante e leggera.

Abitiamo in una zona periferica della città, con villette, case basse e qualche palazzina, tutte con giardino e immerse nella vegetazione. Lo spazio verde che circonda casa mia è uno dei più grandi del quartiere, ma è anche il più esuberante: da noi, le piante non si limitano a crescere, piuttosto invadono lo spazio esistente.

Il fatto è che io adoro le piante quanto gli animali, perciò do loro massima *libertà naturale*. Per di più pa' e ma' sono contrari alle potature eccessive, così i veri proprietari di casa sono i ligustri, il leccio antico, i lillà, il glicine secolare e le magnolie. Occupano. Assediano. Conquistano. E noi sei siamo i loro "animali da compagnia a due zampe".

Inutile cercare il mio drappello di tartarughe coraggiose, perché a quest'ora e con il sole calante, si saranno già tuffate sotto terra. Mi rimane la compagnia delle altre mie amiche: le piante.

Chiudo gli occhi per un po' e assaporo il silenzio perfetto.

D'un tratto una vibrazione ripetuta lo interrompe. È quella del mio cellulare, sono sicura. Mi fiondo sullo zaino, sperando che sia Eden. Afferro il telefonino mentre vibra ancora e lampeggia. Leggo il display: è Venus. Ha già provato a chiamarmi undici volte e ha inviato sette sms. La solita esagerata, rompiscatole, ossessionante, carissima amica...

Noto anche che ci sono cinque chiamate di Giorgio. Povero. Alla fine dovrò farmi coraggio e chiamarlo.

Mi siedo per terra a gambe incrociate. Rispondo a Venus con un sospiro.

onServi memoria di quando era albero.

A bassa voce le racconto gli ultimi avvenimenti in stile giornalistico, con parole incisive e semplici. Soltanto i fatti, senza commenti.

– Cosa aspettavi a chiamarmi? – esclama, risentita, a fine resoconto.

– *Shhhhh!* – la zittisco, perché non ho voglia che da casa ci sentano. – Te l'ho detto: aspettavo il momento giusto.

– Ma io stavo morendo di curiosità! Se non ti avessi chiamato subito, sarei morta d'infarto.

– Esageri sempre, lo sai? Se è per questo, anch'io sto morendo di ansia, di incertezza e di dispiacere. E non so che fare.

– Scusami tanto, Ivy ma sai, una notizia così mi ha sconvolto. Non so pensare ad altro.

– Immagina me e la mia famiglia. Sembra un incubo, e invece.

– Invece è la realtà! – strilla Venus. – Com'è? Com'è?

– Com'è, cosa? – chiedo disorientata.

– Com'è **LUI**?

– Chi? Il tizio? – domando. In realtà, sto prendendo tempo. E, dentro di me, sto valutando la strada da prendere: dico la verità a tutti i costi oppure infilo una serie di cavolate su cavolate a mo' di spiedino?

– Già, già. Dimmi tutto.

Decido per la seconda scelta. E infilo cavolate su cavolate alla velocità della luce:

– È affascinante come uno scarafaggio (e offendo i poveri scarafaggi). È insopportabile come un perfido prof di greco. È magro come un chiodo storto. È brutto come un eterocefalo glabro.

Detto anche talpa nuda, l'eterocefalo è un animale pieno di contraddizioni e di segreti. È un roditore a sangue freddo con abitudini più simili alle api e alle termiti che ai ratti. Resiste a tutti i veleni e può avere figli anche in tarda età. La regina, che è la più grossa, comanda sul branco.

– Un *eteroche?* – mi chiede Venus, sconvolta.

– L'eterocefalo! È considerato l'animale più brutto del mondo, poverino. È una talpa rosa senza pelo, formato topo.

ABBASSO LA SINCERITÀ!

– *Bleah*… Ma *davverodavvero*? Così brutto?

Annuisco energicamente: dentro di me, però, non posso fare a meno di ammettere che sarei molto sollevata se fosse vero.

– E allora come mai a Carlotta piace? – si stupisce Venus.

Faccio spallucce ancora più energicamente. Ed esclamo:

– BOOH! Forse è vero che l'amore è cieco.

– Non posso crederci! È tutto incredibile. E dire che l'amore tra Carlotta e Giorgio sembrava fortissimo. Do-ve-va-no-spo-sar-si-a-bre-ve!

– A quanto pare, non era così. Addio matrimonio.

– *Sigh, sigh!* – esclama Venus. – Addio divertimento, e vestiti e chiacchiere e confetti.

– Già. E soprattutto, addio Giorgio, amico mio.

– Forse, però, c'è ancora speranza. Magari il nuovo flirt si trasformerà in un fuoco di fieno e Carlotta tornerà da Giorgio. Non essere sempre pessimista, Ivy – esclama Venus, con tono di rimprovero.

Nonostante tutto sorrido e la correggo:

– Volevi dire *fuoco di paglia*, vero?

– Ma sì, certo. Ti preoccupi di una parola mentre il tuo mondo affettivo sta andando a rotoli?

– I particolari hanno importanza – aggiungo. – E tu sei sempre troppo ottimista, in amore.

– Io amo l'amore, lo sai.

– Non ti ho soprannominato *"Venus"* per caso. L'ho fatto perché in amore sei come la mia pianta carniv…

– STORIA VECCHIA, IVY! – esclama lei, interrompendomi e sbuffando. Poi ripete a memoria le mie parole, come una cantilena: – Come-la-tua-pianta-carnivora-preferita-che-si-chiama-*Dionea-o-Venere-****acchiappamosche-***perché-è-bella-e-perché-è-un'assassina-di-insetti.

– Non credevo di essere così monotona – le dico, mogia. Poi, aggiungo scandendo bene le parole: – Comunque, è tutto vero. Tu sei un'**acchiappaboy**.

– Beh, che ci posso fare? L'amore è il sentimento che muove il mondo: mi adeguo al suo movimento continuo e alla sua energia.

Non le rispondo, perché la conosco. Commentare di più non servirebbe: lei appartiene al club delle ragazze fortunate che s'innamorano facilmente e che ogni volta pensano che l'ultimo sia il grande amore della loro vita. Ora Venus è a quota sette, e il settimo ragazzo è *ilsuoluipersempre*. Si chiama Federico.

Chissà quanto durerà?

– Eden che ne pensa? – domanda intanto Venus.

– Magari fossi riuscita a riferirglielo – esclamo. – Ma sono convinta che appena lo saprà dispiacerà molto anche a lui. Era molto amico di Giorgio.

– E ora? Che farai? Che farete?

– Non lo so. Tu che faresti?

– Se Carlotta fosse diversa, ne parlerei con lei. Ma così non so…

– Non servirebbe a niente. Ci ha già anticipato che la sua decisione è irrevocabile. E ci ha anticipato altre novità. Presumo peggiori.

– Fatti forza e mantieni la calma – esclama Venus a voce troppo alta.

Sento che lei per prima non ci riesce. Figuriamoci. Ora so di essere messa bene benissimo. Le dico:

– Beh, ora ti saluto, Venus. Ci vedremo domattina a scuola così parleremo meglio.

– No, mi dispiace ma domattina non verrò a scuola. Ho un impegno con pa'. Ci sentiremo nel pomeriggio. D'accordo?

– Certo. Grazie.

– E ora, tu che farai? – mi chiede, preoccupata per me.

– Sono in giardino e devo darmi da fare. Però ti prometto che ti terrò informata con tanti sms, e che sarò serena.

– Ho capito – mormora lei. – Tanto per cambiare seppellisci dispiaceri, rabbie e frustrazioni sotto terra. Zappetti, scavi, pianti, dissodi, eccetera eccetera eccetera.

– Quanto mi conosci, diavolo di un'amica? – le chiedo.

Venus ride di gusto. Poi, dopo uno *smack* fragoroso stoppa la comunicazione.

Tolgo l'opzione-audio *"silenzioso"* e ripristino quella normale nella speranza che chiami Eden.

E riguardo all'opzione naturale *"silenzio"* intorno a me? Finalmente c'è vero silenzio? Finalmente c'è pace? Macché.

Ora il prezioso silenzio è spezzato dalle grida delle gemelle, dalle esclamazioni entusiaste di ma' e dalle risate di Carlotta che arrivano ovattate da casa nostra. Chissà che cosa stanno combinando?

Annuso l'aria: profuma di prato, di verde e di primavera. Ma anche di cioccolato... Forse mamma ha avuto qualche idea coraggiosa per salvare il dolce? Che acquolina.

L'idea di rivedere torpedine, però, basta a farmi desistere. Distolgo l'attenzione dall'odore che rappresenta una perfida tentazione e la concentro sul giardino. Povero. Grida aiuto: è nel caos.

Vado in garage: lì ho tutto l'occorrente per il giardinaggio. Prendo i guanti da lavoro fiorati e imbottiti, la cassetta verde con gli attrezzi, le bustine con i semi, e il vaso di plastica che ospita *l'Aquilegia caerulea.* È l'ultima pianta che ho comprato al mercato. Giovedì scorso l'ho vista, tra cento altre e seminascosta dai tendoni, e me ne sono innamorata follemente. Ha petali *architettonici* e fiori pazzeschi dai colori vividi. So anche che ha capacità eroiche… insomma, una SUPERPIANTA.

È urgente metterla subito a dimora in piena terra altrimenti soffrirà. Accarezzo le foglioline, munita di guanti, perché so che, nonostante la sua bellezza, è una pianta velenosa. Perciò decido di piantarla tra i cespugli vicino al muro, dove le mie tartarughe non potranno avventurarsi. Basterà che io m'infili tra i rami, le foglie e le fronde.

Per un po' perdo la cognizione del tempo. Zappetto, scavo, pianto, sfoltisco, concimo, innaffio.

Soltanto a lavoro finito mi rendo conto del mio stato: sono sudata, ho schizzi di terriccio in faccia, i guanti inzaccherati, altre foglie tra i capelli, i vestiti sgualciti e sporchi. Forse ho persino qualche piccolo ospite sul ciuffo: poco fa ho notato un'ombra, forse di moscerino, di ragnetto o di formica in scalata libera… ☺

Tolgo i guanti e mi allungo sull'erba per riprendere fiato. Il cielo è sopra di me, bellissimo. Rare nuvolette trasparenti sfilano sopra al mio naso e poi corrono via. Due merli intrecciano voli di corteggiamento, chioccolando.

L'Aquilegia è originaria dell'America settentrionale. È una pianta bellissima e misteriosa. Alcuni superpoteri dell'Aquilegia?
- I fiori sanno ibridarsi da soli.
- I semi si diffondono spontaneamente, anche lontano dalla "pianta madre", creando piante sempre diverse e originali.
- Tutte le parti della pianta sono velenose: bella ma pericolosa!

Con la coda dell'occhio sbircio verso il libro: come immaginavo, le formiche zampettano sulla copertina, e una chiocciola sta tentando una scalata coraggiosa. Mi giro supina e scanso delicatamente le formiche con una foglia e le convinco a cambiare percorso. Do uno strappo alla chiocciola e la deposito sullo stelo d'erba più alto che trovo. Poi mi sollevo, mi metto seduta e sfoglio il mio libro, assorta. È antico e bello quasi quanto il cielo.

Vado alla lettera *"A"*, di *Aquilegia*. Leggo:

L'Aquilegia fa parte delle Ranunculaceae e comprende circa settanta specie originarie dell'America, dell'Asia e delle zone alpine dell'Europa. Secondo il linguaggio floreale, l'Aquilegia, che è una bella e misteriosa pianta, ha molti significati: simboleggia l'amore, la passione, ma anche l'ipocrisia e l'amore nascosto. Nel Medioevo, simboleggiò tristezza e gelosia.

Incredula, rileggo per sicurezza. Ebbene, sì, le parole sono quelle: *"Amore, passione, ipocrisia, amore nascosto, gelosia"*. È come se la mia scelta dell'Aquilegia non fosse stata casuale, ma avesse anticipato gli ultimi avvenimenti. Sarà stata una coincidenza oppure no? Pare quasi incredibile. =O Forse, però, è soltanto semplice coincidenza.

Sono tentata di riferire tutto a Venus ma mi trattengo: lei mi riempirebbe di congetture e di ipotesi fantascientifiche. Non me la sento: sono troppo giù di morale, non avrei la forza di controbattere.

amore, passione, ipocrisia, amore nascosto, gelosia

Dei fruscii interrompono le mie considerazioni. Dal nulla appaiono Carlotta, Eva, Emma, ma' e il tizio torpedine. Mi fissano un po' scandalizzati. Mi guardo anch'io: sembro uno strano essere, una via di mezzo tra una ragazza e una pianta.

– Come ti sei combinata? – esclama mia sorella maggiore, dando voce alle impressioni di tutti. – Sembri una strana ninfa.

– Bella! Bella, Edera! – strilla Eva, battendo le manine. – Hai tante foglie in testa e tanta terra addosso! Sei una fatina dei boschi?

Il tizio torpedine sorride. Mia sorella maggiore gli lancia un'occhiataccia. Lui si riprende tossicchiando.

– Scusate ma oggi è domenica – mormoro, – perciò mi sto dedicando al giardinaggio.

– Lo vediamo – aggiunge mamma, – però non mi sembra che tu abbia scelto il momento giusto. Perché non torni dentro? C'è un ospite… La tua presenza è importante.

– Se proprio devo – rispondo. So che la mia faccia esprime un'assoluta mancanza di voglia, ma non me ne importa. Faccio anche spallucce.

Tizio torpedine dice la sua:

– Se è per me, non preoccupatevi.

– Certo che ci preoccupiamo, Marco! – esclama Carlotta. – È ora che Edera capisca che è grande ormai e che perciò deve comportarsi come tale.

– Proprio tu lo dici! – esclamo di getto. – Guarda che esempio dai…

Carlotta mi fissa furente. Se potesse, credo che mi darebbe uno schiaffo. Ma non può.

Intanto il mio cellulare squilla energicamente e la

distrae. La suoneria è quella che ho abbinato a Eden. Il momento non è dei migliori… Tranne pa', ho tutta la famiglia davanti a me: alla faccia della riservatezza. Rifiuto la chiamata a malincuore e infilo il cellulare nello zaino. Più tardi richiamerò Eden, gli spiegherò tutto e mi scuserò. Chissà quando…

Mamma mi si avvicina. Mi afferra la mano e mi fa sollevare dall'erba. Con dolce determinazione e senza parole.

Recupero lo zainetto e il mio libro. Raggranello persino un seme di buona volontà. E seguo ma' e gli altri in casa, desiderando con forza che sia già lunedì mattino. Non mi era mai successo prima. E dire che domani mi aspetteranno nell'ordine due ore di greco, una di letteratura e due di mate… Un massacro. Però mi offro volontaria pur di evitare Carlotta, torpedine, eccetera.

Capitolo 8

Odio i lunedì

George Orwell (1903-1950) è stato
un giornalista e scrittore
britannico molto famoso.
Una delle sue frasi più conosciute è:
"Nel tempo della bugia e dell'inganno
dire la verità è un atto rivoluzionario".
Forte fortissimo. E anche molto vero.
Anch'io odio le bugie quasi quanto i lunedì.

Mi sveglio di soprassalto. I battiti del mio cuore vanno a mille e i pensieri si affastellano come rondini impazzite intorno a un nugolo di moscerini.

Dalle tapparelle filtra la luce del sole: spero che non sia già troppo tardi. Odio correre. E odio pure non avere il tempo di prepararmi con calma. Che poi è quello che mi succede tutte le mattine. E tutti i mesi. E tutti gli anni.

Per di più oggi è lunedì: la scuola non aspetta certo me. *Ahimè*, più di tutto odio il lunedì. D'altronde, nel resto del mondo c'è qualcuno che riesca ad amarlo?

La mia radiosveglia si attiva un millesimo di secondo dopo di me e scatena il solito putiferio di note isteriche prese in prestito dalla radio locale. Mentre sbadiglio, le mollo un colpo deciso che la zittisce e la tramortisce. Povera. Uno di questi giorni la mia sveglia deciderà di licenziarsi e mi lascerà sola (e addormentata) senza preavviso. Da un mattino all'altro.

Eseguo involontariamente la sequenza che ripeto ogni mattino, e che agisce a livello di rito propiziatorio *antisfiga*:

UNO. Mi sollevo a sedere sul letto a occhi ancora chiusi.
DUE. Stropiccio gli occhi, ululando qualcosa d'incomprensibile.
TRE. Apro gli occhi e sorrido al mondo, sempre e nonostante tutto.
QUATTRO. Mi stiracchio come un gatto.
CINQUE. Sbadiglio una volta soltanto.
SEI. Mi alzo dal letto, blaterando che vorrei rimanerci.
SETTE. Lancio per aria coperta e lenzuola. Ricadono alla rinfusa.
OTTO. A piedi nudi corro in bagno.
NOVE. Rapino la cucina di qualche biscotto o buondì, che consumo rigorosamente in piedi mentre faccio altro.

Sbircio verso il letto di Carlotta. Ma lei non c'è già più: la sua coperta e le sue lenzuola sono ripiegate e in ordine perfetto. Le pantofole non ci sono più, perché sicuramente le ha infilate. Come fa a essere precisa e irreprensibile anche appena sveglia? Paragono il suo comportamento al mio: le mie pantofole sono *chissàdove*, e coperta e lenzuola sono in balia del caos primordiale.

LEI = miss *Superperfettina*!

IO = miss *Tuttallarovescia*...

E poi, beata lei che non deve andare a scuola... Carlotta, infatti, lavora da qualche anno come commessa specializzata in una profumeria rinomata, in centro città. Per lei alzarsi il mattino presto non è un problema, perché adora il suo lavoro. Immagino che si sia già infilata nel bagno più grande di casa e che si stia truccando alla perfezione, come tutte le mattine. Trucchi, look e apparenza non hanno segreti per lei. Invece, io... Ehm.

I miei piedi e le mie pantofole non s'incontrano mai!

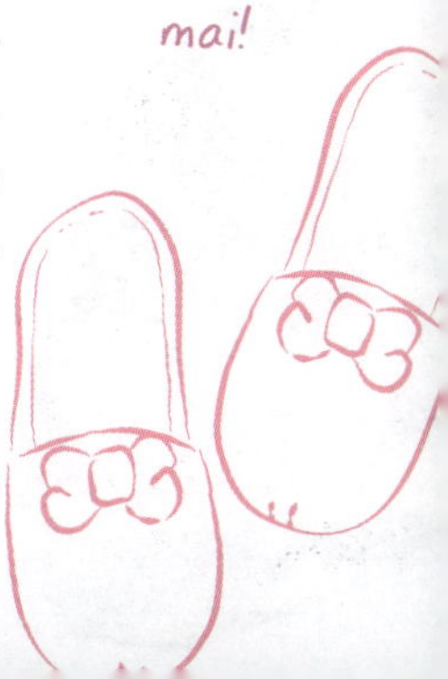

Trascinando i piedi come se fossero di piombo, e i ricordi di ieri come se fossero valigie stracariche, esco dalla camera e affronto il mondo. Dove troverò le energie per sfidare un nuovo lunedì? E pure greco, mate e letteratura? Sgrunt.

Mi dirigo a mo' di automa stanco nel bagno piccolo, sperando con tutte le forze che sia libero. Miracolosamente la porta è socchiusa e intorno non c'è nessuno. Com'è possibile? Di lunedì, in casa nostra c'è un bagno libero? Tutto per me? È inverosimile.

Il suo nome comune, Nepente, viene dal greco e significa "nessun dolore". Questa pianta carnivora cattura gli insetti con il profumo e li "assimila" grazie a un liquido digestivo e inarrestabile.

Sento le voci della mia famiglia avvitarsi su per le scale: tutti e cinque sono al piano terra. Tanto per cambiare le gemelline urlano e fanno i capricci. Povera ma'. Che barba.

Entro in bagno di soppiatto. Chiudo la porta a chiave: il bagno è tutto mio? Che pacchia. *Uahuu.*

E invece... NOO. =O

Adesso capisco tutto: questo bagno è libero perché è diventato un pronto soccorso verde. Nella vasca, infatti, sono alloggiate tutte le orchidee di mamma, immerse nell'acqua per metà. Come se non bastasse, lavabo e bidet sono occupati dalle mie piante carnivore preferite, la *Dionaea muscipula* e la *Nepenthes*.

Riapro la porta e mi affaccio.

– Che cosa c'è? – chiedo a voce altissima. – Emergenza assoluta *mancanza-di-umidità-e-substrato-secco*?

Mamma zittisce Eva ed Emma. Capisco che le due pesti corrono a litigare altrove dal tramestio dei piedi. Poi mamma mi risponde dal basso, strillando a sua volta:

Detta Dionea o Venere acchiappamosche, è una delle piante carnivore più amate e più particolari. Darwin la soprannominò "la pianta più spettacolare del mondo". La forma delle foglie ricorda una bocca con tanti dent

– Sì, Ivy! Povere creaturine… Erano terribilmente disidratate. Tu capisci, vero?

– Certo. Hai fatto benissimo – grido di rimando.

E come potrei non capire? Voglio bene alle piante quanto lei. È una passione che condividiamo da sempre. E non è l'unica. Il resto è un segreto, e non sempre ho voglia di confessarlo. A volte neppure a me stessa. Sono sicura che certe propensioni siano inscritte nel DNA, come le scritte medievali incise a caratteri di fuoco. ;-)

– Vieni subito giù, Ivy! Il bagno grande è quasi libero. Ed è tardissimo.

Quel "quasi" m'inquieta.

Scendo volando sugli scalini. Non posso fare tardi a scuola: tutti i lunedì la preside è di vedetta davanti al portone del liceo Dante. Per quelli che arrivano fuori orario fioccano note e richiami.

Atterro nel salone. Subito mi cattura il profumo inconfondibile delle rose. Poi mi stordisce quello dei caprifogli. Mi guardo intorno, incuriosita. Annuso di nuovo, sbirciando, come un segugio a caccia di fiori. E li vedo. E ricordo…

Il mazzo di fiori regalato a Carlotta da torpedine è stato diviso in tre; adesso i fiori traboccano da tre vasi diversi sparsi nella stanza. Le rose rosse sono ancora più belle di ieri. I caprifogli profumano come non mai. E i rami d'edera mi ricordano dolorosamente il mio nome.

Perché nessuno ha mai pensato di regalare un mazzo simile anche a me? Eppure mi chiamo Edera.

E perché Eden mi regala pochi fiori nonostante sappia che mi piacciono *alla follia*?

Il tarlo maligno dell'invidia e quello acido della gelosia corrodono. Però non ci sto! Non voglio essere attaccata da loro: sono perfidi. Decido di ignorarli. E mi dedico alla realtà. La osservo intorno a me. Il salone è immerso nella solita baraonda creativa. La cucina è in uno stato addirittura peggiore, reduce da un post-pranzo e da un post-pomeriggio con ospite difficile. Però cucina e salone sono casa.

– Buongiorno, pa' – mormoro.

– 'Giorno, Ivy – risponde lui. La sua voce è bassa, il morale è sottotono.

Papà sta facendo colazione in un angolo e sembra più giù di me. Mamma, invece, è alle prese con gli zainetti per l'asilo delle gemelle da preparare e con la colazione da improvvisare. Come ogni mattino.

Mi chiedo sempre come faccia ma' a controllare i miei piedi senza guardarli. Poteri da Supermamma?!

– Ciao, Edera – esclama mamma Annalisa senza sollevare gli occhi dagli zaini. – Dove sono le tue pantofole?

– Buondì, ma'. Boh. Non so perché, ma le mie pantofole scelgono sempre una direzione diversa da quella dei miei piedi – le rispondo. E le sorrido.

Intanto afferro al volo un cornetto che lei ha appena scaldato al forno e lo divoro. Poi mi verso del succo di frutta in un bicchiere e lo trangugio.

– Non ti siedi nemmeno? – mi chiede papà Federico.

– Non posso: è troppo tardi.

– Carlotta ha quasi fatto – mi dice mamma. Poi solleva finalmente il viso e mi fa l'occhiolino. – Però andiamo lo stesso a bussare alla porta del bagno così si sbriga prima.

Mamma chiude i due zaini e mi raggiunge. Insieme ci piazziamo davanti al bagno. Lancio un'occhiata ricognitiva alla porta. È rigorosamente chiusa. Come pensavo, Carlotta è ancora dentro, in piena fase creativa. La immagino alle prese con fard, rimmel, ombretti, rossetti, eccetera. È una professionista anche nei tempi di posa.

Sbuffo e fisso mamma con un'occhiata piena di significato.

– Sai, Ivy – mi confida mamma, a bassa voce. – Tua sorella mi ha appena detto che stamattina Marco passerà a trovarla in profumeria, perciò si sta facendo bella per lui. Abbi pazienza. Lui lavora solo di pomeriggio.

– Che cosa fa? – chiedo in tono sbrigativo, tamburellando con le dita della mano sullo stipite della porta. Ci tengo a rilevare che in realtà non m'importa granché saperlo.

– Si è laureato da poco in Scienze Ambientali e so che adesso fa il consulente – mi dice ma'.

– Hai saputo niente dell'ultimo segreto di Carlotta? Te l'ha confidato?

– Perché, ce n'è un altro? E quale? – domanda mamma, con aria ansiosa.

– Beh, sì, dovrebbe esserci. Era quello che completava il finale a effetto. Ricordi?

– Ah, ho capito. No, Carlotta non mi ha detto ancora niente in proposito.

La guardo, e sono un po' in ansia: non deve essere facile per lei. Improvvisamente capisco che essere madre è difficilissimo. Quasi quanto essere figlie. O di più?

Lei mi sbalordisce con una carezza lieve. La affida ai miei capelli, e me la fa a occhi bassi e quasi per caso. Arrossisco e penso di essere fortunata ad avere una famiglia come la mia, nonostante tutto.

Vorrei abbracciarla e farmi stringere da lei, ma mi sembra roba da piccoli. Evito. Però la osservo meglio: sembra una gigantessa inciampata per caso in tanti secchi di vernice. Infatti, ma' ha di nuovo macchie di colore sui capelli, sul viso e sulle mani. E profuma di trementina. Le chiedo a bruciapelo:

– Hai fatto nottata per qualche consegna, vero?

– Come hai fatto a capirlo? Mi hai sentito? Ho fatto rumore?

Le sfioro i capelli, una guancia e poi le mani.

– Macchie di colore ovunque, odore di trementina... Sono la prova. Che cosa devi consegnare?

Mi sorride. Poi mormora:

– Tutte le tavole per il primo volume de *Il meraviglioso mago di Oz*: è un'opera bellissima ma molto impegnativa. Avrei dovuto lavorarci ieri, ma poi...

– Quanto hai dormito? – le chiedo.

– Non ho dormito.

Sto per rimproverarla alla maniera di un *genitore-tipo*, quando ecco che la porta del bagno si apre ed esce Carlotta. È in tiro ed è bellissima, tanto per cambiare. Mi saluta a malapena: forse con i pensieri è già *altrove*. È già con torpedine.

"Il meraviglioso mago di Oz" è un romanzo famoso in tutto il mondo, scritto da L. Frank Baum nel 1900.

– Alla buon'ora, Carlotta – commenta pa', salace. Nonostante sia seduto in cucina nell'angolo snack, sta sbirciando verso di noi. Dal tono astioso, deduco che papà ce l'ha ancora con lei.

– *Chi bella vuol comparire...* – dice lei.

– Ma chi soffre siamo noi, non tu.

– Mamma, mamma! – esclama Emma, comparendo dal nulla. È seguita dalla gemella. Hanno già i grembiulini rosa indosso ma anche l'aria perenne da monelle. Emma sventola il libro di letterine e numeri dell'ultimo anno di asilo. Ed esclama:

– Quante "f" ha faffalla?

– Nella parola far-fal-la – spiega pazientemente mamma, scandendo le sillabe, – ci sono due effe, tesoro, e non tre. Forza, ora. Rimetti il libro nello zainetto. Tra poco arriverà il pulmino: tu ed Emma dovete prepararvi. Infilate i giubbini di jeans!

Do loro un bacino sul naso e mi eclisso volentieri. Mi chiudo a chiave nel bagno che preferisco: è grande, comodo e colorato. Anche qui, un angolo vicino alla doccia è riservato alle felci: tutti sanno che queste piante antichissime e affascinanti hanno necessità dell'umidità come noi umani dell'amore. O no?

Ho pochissimo tempo, perciò dovrò ottimizzarlo.

Capitolo 9

Nulla si crea e nulla si distrugge, ma tutto si trasforma. Meom.

"L'uomo che non può creare, vuole distruggere" dice Erich Fromm. Molto noto, Fromm è stato uno psicoanalista e sociologo tedesco, nato nel 1900 e morto nel 1980. Quanta verità in queste parole... Chissà se Carlotta le conosce? Temo di no.

Come quasi tutti i lunedì mattina, pa' affronta un'ultima corsa improbabile con l'auto lungo il viale parallelo alla strada dov'è la mia scuola. Per circa mezz'ora siamo rimasti infilati e paralizzati nel traffico cittadino come spilli in un puntaspilli.

Ne ho approfittato per rispondere a una decina di sms preoccupati di Eden con altrettanti sms depressi e tristissimi. Tengo il cellulare nascosto nello zaino, in mezzo ai libri, perché papà non vuole che lo porti a scuola. Perciò sto *messaggiando* silenziosamente con il mio ragazzo: oggi ne ho necessità assoluta. *Devo* comunicare con lui. La novità pazzesca e incredibile di ieri si è tramutata in grande smarrimento. Noi siamo sospesi in un limbo di dubbi e di dispiaceri.

Con la coda dell'occhio vedo stagliarsi sulla nostra auto l'ombra del mio liceo: è maestosa, severa, bellissima.

IO ODIO I LUNEDÌ!!

Pa' frena vicino al portone d'entrata e mi saluta frettolosamente: in pochi minuti dovrà raggiungere la banca in cui lavora da vent'anni. Così mi liquida davanti al Dante giusto un minuto prima che sia troppo tardi. Scendo dalla sua ***papà-mobile*** e affronto l'*oggichissàcomebutterà*.

Pa' lavora in banca, ma è anche tassista a tempo pieno: ci scarrozza ovunque. Poveretto! I suoi pomeriggi sono dedicati a noi e le sue corse sono senza tassametro. ;-)

Davanti a me, si profila pure la sagoma inconfondibile della preside. La famigerata Desideria Giardini.

– Buongiorno, signora preside – le dico, compita. Ubbidisco a un ordine noto a tutti noi che frequentiamo il Dante: salutare tutto il corpo insegnante con deferenza. *Meom*... E dire che l'Ottocento è lontano...

– Ben svegliata, Edera! Hai bisogno di un cappuccino e di una brioche? – mi risponde lei. Tono di voce ed espressione del viso hanno il sapore acido dell'ironia.

Mentre varco il portone, intravedo qualcuno in corsa affannosa. È dietro di me.

Capisco all'ultimo istante che è Minerva, Minerva Acerbi. Povera. Anche lei è in *ritardissimo*.

Infatti, nonostante sia la nipote della preside, riceve dalla Giardini un trattamento più rigido e irreprensibile di quello che è appena stato riservato a me. La fa franca soltanto dopo un rimprovero da brivido e una *quasi-nota*.

Infine il portone si chiude dietro di noi con uno "**Sbaaam**" pesante e definitivo.

Nel bene o nel male ormai siamo dentro.

La preside si dilegua misteriosamente, facendomi ripensare al personaggio del vampiro nel famoso film *Dracula* di Bram Stocker.

– Ciao, Edera – mi sussurra Minerva. E mi sorride. Come amica è speciale, e come ragazza è dolce e carina.

– Buondì, Minni.

DESIDERIA GIARDINI È IL CERBERO-PRESIDE. BU-BU-BU!

Lei solleva il pollice in un "ok", con aria maliziosa. E aggiunge:

– Stavolta ce l'abbiamo fatta per un soffio.

– Già. Peccato – rispondo. E rido dietro la mano tesa.

Lei ride con me. Poi c'incamminiamo lungo il corridoio del nostro liceo, il classico intitolato a Dante Alighieri.

Il corridoio è dedicato ai mezzibusti dei personaggi famosi del passato. Noi li ignoriamo tutti e ci dirigiamo verso la *mitica* IV D.

– Com'è andato il fine settimana? – mi domanda Minni educatamente.

– Di assoluto schifo, grazie – rispondo altrettanto educatamente. Cerco di sorridere, ma al posto di un sorriso spunta fuori una smorfia piagnucolosa. È dispiacere camuffato.

– Mi dispiace – mormora lei, – per di più è di nuovo lunedì.

– Eh già. *Per tutti i cactus spinosi!* Io odio i lunedì.

– Benvenuta nel club. Anch'io li odio. Non esiste giorno più schifoso e insopportabile.

Dopo aver superato indenni secoli di storia, di filosofia, di matematica, di fisica, di letteratura, e decine di geni di tutte le discipline umane, Minni e io ci troviamo davanti alla porta della nostra aula. Accostiamo le teste alla porta. Non si sente alcun rumore o suono.

– Ci facciamo coraggio e affrontiamo l'arena insieme? – mi chiede. Ha già la mano sulla maniglia. – Ci aspetta un'immersione a capofitto nel greco.

Annuisco, con lo stomaco stretto a morsa di anaconda.

Lei sembra intuirlo, perché aggiunge:

– Omega non è male: sembra uno zombie, ma in fondo è innocuo. Coraggio, Ivy.

– Sei sicura che sotto sotto non sia uno spettro pauroso travestito da essere vivente? – le chiedo. Scherzo, certo, ma poi non tanto.

– È soltanto molto magro e tanto solo, secondo me. Tranquilla, Ivy. Bice Radice è molto più pericolosa e infida.

– D'accordo: forse hai ragione tu. Ma, a parte tutto, credi che Omega ci interrogherà?

– No, perché oggi deve spiegare la morfologia dei verbi irregolari. In due ore di lezione non avrà tempo per altro.

Io sospiro. Anche lei sospira. Infine entriamo.

Ω

IL PROF DI GRECO SI CHIAMA EDOARDO OMINI, MA PER NOI È "OMEGA", SOPRANNOME MACABRO MA TERRIBILMENTE ADATTO.

Superate senza traumi e senza vittime le due ore di greco, affronto anche l'ora di letteratura. Mi sento un'eroina.

Mentre la prof interroga tre compagni di classe, la mia mente si allontana. Vola via, dispettosa e maliziosa, e torna al parco, all'incontro con torpedine.

Con gli occhi del ricordo, rivedo il suo viso. I suoi occhi. Che maledetto… Troppo bello. E pure troppo odioso.

D'impulso, prendo il diario e lo apro alla data di ieri. Nello spazio vuoto, disegno il suo viso. A memoria. Come se fossi trascinata da una forza sconosciuta. Una forza devastatrice o rivelatrice?

Quando mi riprendo dalla trance artistica, osservo il disegno. Torpedine è troppo bello anche qui. Perciò afferro la gomma e cancello i suoi occhi color bosco d'autunno. Li ridisegno chiusi come casseforti. Ora sembra che dorma. Con un brivido, spero che dormirà per sempre.

Chiudo anche il diario con uno scatto. Dentro di me grido: "VERME! VERME! VERME"

VERME!
VERME!
VERME!

Ed è grazie a questo grido muto che ricordo il mio bruco e il suo mistero.

La prof ha appena finito di interrogare e sta spiegando. Durante la sua spiegazione barbosa, riesco a trovare anche il tempo per scrivere un messaggio a Diletta. Al volo e su un foglietto per appunti.

> Noi la chiamiamo da sempre Bice Radice, in realtà, il suo cognome è Radini. Insegnare mate è una deformazione professionale? ;-)

Voglio chiedere a lei che è super-esperta di *insetti&CO* qualche informazione. Le scrivo poche parole:

Piego il foglio più volte a triangolo. Poi chiedo a *Rosa Volginprosa* il permesso di uscire dall'aula per andare in bagno, e così, mentre passo davanti al banco di Diletta, poso di soppiatto il foglietto.

> Ho 1 news da raccontarti e qualche consiglio da chiederti. Quando hai 1 attimo x me?

Quando rientro in IV D, noto che un altro foglietto piegato a quadrato è parcheggiato sul suo banco. È la sua risposta.

Sorrido a Diletta, e lei mi fa l'occhiolino, con intensità. Poi sussurra qualcosa all'orecchio della sua vicina di banco nonché amica del cuore. Si chiama Marzia ed è la tipa più dark e più originale della classe.

Subito dopo anche Marzia mi strizza l'occhio.

Forse *Dì* ha già capito che cosa le voglio chiedere? Possibile? =O

Minni intercetta lo scambio di sguardi e partecipa, lanciandoci un'occhiata d'intesa.

Tornando verso il mio banco, mi avvicino a loro, le saluto con un sorriso e intanto prendo il foglietto con la risposta di Diletta e lo lascio scivolare in tasca. Tutto in pochissimi secondi.

Riesco a leggere la risposta soltanto un po' di tempo dopo.

Un po' sconcertata per le parole sibilline, ripongo il messaggio nella tasca dei jeans.

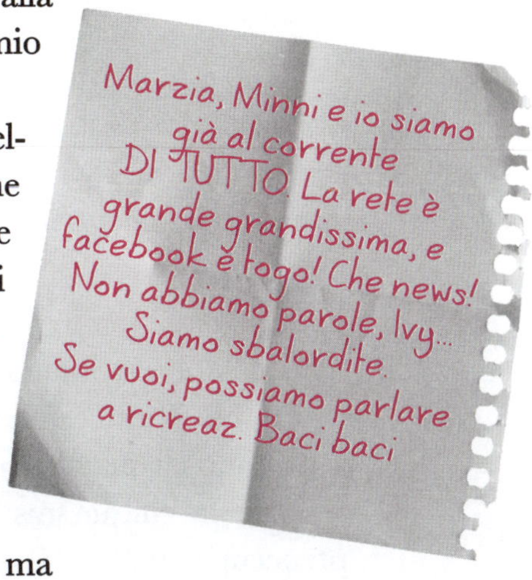

Che cosa significa il riferimento alla rete? Che c'entra *facebook* con il mio bruco?

Quando suona la campanella della ricreazione, scatto in piedi come una molla rotta. So di dover parlare con le mie amiche ma so anche di avere una necessità improrogabile: ho bisogno di sentire di nuovo la voce di Eden e di farmi confortare da lui.

Mi viene un sospetto terrificante: che il mio non sia più amore ma dipendenza. *Per tutti i bonsai nani!*

Razionalizzo. Spero che invece in me covino soltanto insicurezza e dispiacere. Tutta questa faccenda non deve avere niente a che fare con l'amore che c'è tra Eden e me.

Ieri sera, dopo essermi liberata di torpedine e dei miei familiari, ho riferito al mio ragazzo gli ultimi avvenimenti. Adesso lui è sconvolto quanto me. Forse di più, perché Eden non concepisce che un amore finisca. Per lui un amore vero è *persempre*.

Per quanto riguarda me, invece, ho qualche dubbio sui "*persempre*", soprattutto alla luce (terrificante e macabra) delle ultime novità.

Emily Dickinson è una poetessa statunitense molto amata e molto famosa (1830-1886). Anche lei amava tantissimo la natura, gli animali e i fiori. Vestiva sempre di bianco, perché lo considerava un colore puro. Non usciva mai da casa e passava il tempo a scrivere. Compose più di 1775 poesie.

Mi torna in mente all'improvviso la poetessa statunitense Emily Dickinson. La adoro e la considero un'amica più grande e molto più saggia di me. Lei scrive con ardore:

– **Il "*per sempre*" è composto da molti "*adesso*".**

Ecco, forse il suo pensiero è anche il mio.

Oppure mi chiedo piuttosto se non abbia ragione Antoine-Laurent De Lavoisier, che scrisse la famosa *legge di conservazione degli elementi*. Ecco la frase più nota:

"Nulla si crea e nulla si distrugge ma tutto si trasforma".

Chissà. Forse intendeva parlare anche dell'amore?

Prendo il mio cellulare. Trovo ventuno chiamate perse: sette sono di mamma, undici di Eden, tre di papà. E ci sono anche cinque sms: quattro di Eden e uno di ma'. Devo preoccuparmi?

Nell'anno della Rivoluzione Francese, il 1789, il biologo, filosofo e chimico francese Lavoisier scrisse questa legge famosa.

Mi allontano rapidamente dagli altri, ed esco nel corridoio. Scelgo un angolo silenzioso, al riparo dal vociare e dalla confusione tipica della ricreazione. Vado nella memoria ad accesso rapido del mio cellulare, ma non faccio in tempo a ricercare il numero giusto, perché Diletta, Minni e Marzia mi raggiungono, mi circondano, mi rapiscono. Sorrisi, grida e abbracci mi sommergono.

Metto il cellulare in tasca, vicino al foglietto di Diletta. Dentro di me penso: "A tra poco, Eden. Ce la farò".

Nulla si crea e nulla si distrugge

– Miseriaccia, Ivy! – esclama Marzia per prima. – Che mega novità!

Meganovità, un bruco? Mi chiedo frastornata che cosa stia succedendo ancora.

– Cosa si dice in queste circostanze? – mi domanda Diletta, entusiasta. È rossa come un papavero in un campo di grano.

– Cioè? – mormoro. – Dire… cosa?

– Si dice: “Tanti auguri alla sorella della sposa”, vero? – insiste Diletta.

– Ma no, *Dì*! – interviene Minni. – Basta dire: “Felicitazioni vivissime a te e famiglia”.

– Forse, invece, è proprio il caso di essere formali e ufficiali – aggiunge Diletta. – Bisognerà dire: “Felicità e serenità per questa grande novità”!

Poi ridono tutte e tre, felici ed eccitate.

Rimango muta mentre loro tre sembrano fuori connessione. Sono eccitatissime. Invece io mi sento sospesa in un limbo separato dal tempo. Mi sembra che l’unico senso in me attivo sia l’udito.

Forse mi sono addormentata durante la spiegazione della prof di letteratura italiana e ora sto sognando? Non capisco bene: stanno per caso parlando di un matrimonio? Del matrimonio di Carlotta? Com’è possibile?

– Secondo me, invece, è importante non essere troppo formali. Siamo tutti ragazzi, via! – esclama Marzia. – Basterà dire: “Auguri di tanta gioia a Carlotta e al suo raga”.

Le ultime parole mi riportano alla realtà. Ragiono. Elaboro, Ricordo. Capisco… Probabilmente si riferiscono ai progetti di Carlotta e di Giorgio.

Allora esclamo sicura:

– Mi dispiace deludervi, ragazze, ma la notizia che avete tra le mani è datata, superata, sorpassata da un'altra novità molto più succosa di questa.

– Ah, sì?! – strilla Minni. – E quale?

Gli ultimi strilli sono troppo anche per il Dante: nel corridoio si voltano tutti. Persino un bidello di passaggio si gira a novanta gradi e ci fissa curioso.

– Beh, Carlotta ha... – tento di dire. Ma sono interrotta miseramente da Lucrezia, la vipera. Che esclama, con tono acidulo:

– Ha deciso di sposave un cevto Mavco, Mavco Felloni... Congvatulazioni vivissime!

La guardo. Non sta scherzando. Ma che sta succedendo? Sono tutti fuori come lampioni?

Lei fraintende il mio sguardo stralunato e aggiunge:

– È inutile che tu faccia la misteviosa... Lo sanno già tutti, cavina! Tua sovella ha condiviso la novità sulla sua pagina facebook.

Capitolo 10

Spennellate color nero rabbia con graffi grigio tristezza

"I colori, come i lineamenti, seguono i cambiamenti delle emozioni" diceva Pablo Picasso. Pittore di fama mondiale, nacque nel 1881 a Malaga (Spagna) e morì nel 1973 a Mougins (Francia). I suoi biografi raccontano che Picasso diceva della sua arte: "A dodici anni dipingevo come Raffaello, però ci ho messo una vita intera per imparare a dipingere come un bambino".

– Sono così ARRABBIATA, Eden! – grido. – COSÌ SPAVENTOSAMENTE ARRABBIATA!

– *Shhhh!* – sibila lui. Si mette l'indice davanti alla bocca. – Non strillare! Ci spiano.

– MA IO SONO ARRABBIATISSIMA! – insisto. – FUORI DI ME!

Allora lui prende le mie mani fra le sue e le stringe. È più convincente.

Inspiro ed espiro. Inspiro ed espiro di nuovo fino a recuperare un brandello di freddezza. Persino uno strappo di lucidità.

Grazie al contatto ritorno in me. Un'unica lacrima lucente abbaglia la mia guancia e poi scivola via.

La mattinata a scuola è appena finita. Sono passate tre ore dall'amara scoperta dell'ultima trovata di mia sorella, però la rabbia non è sfumata. Tutt'altro.

Il nostro posto magico!

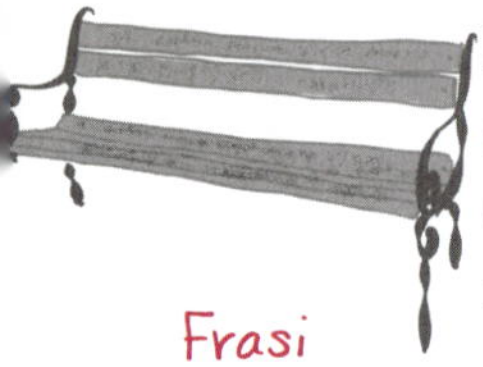

Eden e io siamo seduti sulla nostra panchina preferita. Davanti al liceo Dante. La panchina è di legno ferito da scritte, cuori, firme, scarabocchi. È seminascosta dietro un cespuglio di magnolia carico di fiori, ed è soverchiata dai rami frondosi di un salice bellissimo.

Frasi d'amore e dediche sono più belle se scritte nei cuori.

In una condizione emotiva normale accarezzerei i fiori lattiginosi della magnolia e giocherei con i rami bassi del salice. Non oggi.

Su questa panchina Eden ed io ci siamo dati il primo bacio serio e qua torniamo ogni volta che abbiamo bisogno di isolarci per parlare.

Chissà. Se adesso Eden mi desse il settantottesimo bacio, forse il nostro posto magico aiuterebbe ad annullare la delusione del precedente. Ma sono troppo arrabbiata, troppo delusa dal comportamento di mia sorella. Non riesco a pensare ad altro.

Dentro di me non c'è nessuna scintilla che possa alimentare l'atmosfera.

Sbuffo nel tentativo di far svaporare la mia ira e così noto che sul portone della scuola si attardano ancora gli ultimi studenti. Intravedo Lucrezia e Alba che parlottano. Adesso mi stanno indicando.

Avvampo: devo avere esagerato. Sussurro:

– Hai ragione tu, Eddy. Scusami ma quest'ultima novità mi ha sconvolto. E poi, saperla così… Da facebook! In un post pubblico! In contemporanea col resto del mondo! Senza essere avvisata prima!

Eden mi stringe a sé. Invece io continuo a parlare, inarrestabile come un fiume in piena:

– Carlotta è impazzita. Temo che sia una forma psicotica improvvisa ma devastante. Sarà curabile o no?

Il salice piangente (*Salix babylonica*) è una pianta molto utilizzata come ornamento. È originario della Cina e ha la caratteristica distinguibile di avere i rami rivolti verso il basso; da ciò il suo nome comune.

La magnolia è sopravvissuta all'era glaciale: resti fossili testimoniano la sua esistenza fin da novanta milioni di anni fa. È un'eroina vegetale. Nel 1703 le è stato dato questo nome in onore del botanico francese Pierre Magnol. Che dire di più? Ammiriamola e preserviamola!

Lui mi dà un bacio sul naso nel tentativo di placarmi. Poi sussurra:

– Eppure, sai com'è Carlotta. Non dovresti arrabbiarti tanto.

– NO! – esclamo. – *IO-NON-SO-PIÙ-COM'È.*

– È impulsiva e un po' capricciosa. Le piace stare al centro dell'attenzione. Be', sai, Carlotta è Carlotta.

– D'accordo ma questo è TROPPO. Un matrimonio improvviso con un tizio appena conosciuto?

Eden solleva gli occhi al cielo. Poi…

– Stai esagerando, Edera. In fin dei conti, lo sposerà lei, non tu. La cosa ti tocca ma solo marginalmente.

Mi zittisco. Rimugino sulle sue parole. E perciò mi spavento ancora di più.

♥ *Per caso in amore siamo pozzi fondi, bui, non conoscibili?*

♥ *Per caso i nostri cuori sono casseforti chiuse senza la combinazione?*

♥ *Per caso ragione e sentimento sono rette parallele, e perciò non si incontrano mai?*

♥ *Per caso, i "casi" d'amore sono "casi" disperati?*

♥ *Per caso, rientrerò nella "casistica dei casi" d'amore disperato?*

Se potessi, telefonerei al ***PSCI***, PRONTO SOCCORSO CUORI INFRANTI. Esiste? Qualcuno mi dà il suo link? ☹

Eden nota il mio profondo sconforto. Mi abbraccia più forte ma io lo sento lontano più della luna.

– Ragiona! – esclama. – E se il suo fosse vero amore?

La sua ipotesi è peggiore delle mie tesi. ☹

– VERO AMORE? – strillo. – IN DUE SOLI MESI? E Giorgio? Che fine farà Giò?

Noto che Lucrezia dà una gomitata allusiva ad Alba.

Sono ancora davanti al portone e ci fissano senza discrezione, ridacchiando divertite.

Senza nemmeno pagare il biglietto, le mie due compagne di classe hanno trovato uno spettacolo inaspettato cui assistere. *Uahu*, sono appena diventata un fenomeno da baraccone.

– *Shhhh* – sussurra di nuovo, ma più dolcemente il mio ragazzo. – Non devi prendertela così. Ti farà male. E intanto vipera e viperetta gongolano.

So che si riferisce a Lucrezia e ad Alba.

– Povere vipere! Indifese bestiole – dico, più mogia. – Essere assimilate a quelle due creature malefiche è un'ingiustizia.

D'un tratto Eden ride fragorosamente. La sua risata fugge via e si perde tra i rami del salice. Uno stormo di rondini poco sopra di noi vola via, garrendo. O ridendo? Possibile? E poi, le rondini sanno ridere?

– Ridete tutti di me? – domando qualche istante più tardi. Lancio un'occhiataccia alle rondini. Non è da me.

Eden mi guarda teneramente. Poi, mormora:

– Devi imparare a controllarti. Perché non fai come me? Quando faccio judo, trasformo ansie e rabbia in emozioni positive. Le lascio fluire via.

– AH, SÌ? – esclamo, irritata dalle sue parole.

Mi alzo di scatto dalla panchina. Temo di avere sul viso un'espressione che solitamente non ostento. E deve essere combattiva, perché lui mi fissa come se non mi conoscesse. È sbalordito.

Intanto appoggio lo zaino sulla panchina; lo apro e tiro fuori un blocco di fogli da disegno. Spavalda.

Scelgo una pagina pulita e vuota, e poso il blocco sull'erba, aperto verso il cielo.

Poi estraggo da una tasca interna del mio zaino una scatoletta di latta. È a doppio fondo. Esternamente sfoggia trucchi, rossetti e spazzole. All'interno, invece, c'è un pennello, una tavolozza di plastica tascabile e dei tubetti di colori a olio.

– Edera? Che cosa stai facendo? – mi domanda Eden, interdetto. Non se n'è accorto, ma adesso anchc lui ha alzato di un tono la voce.

– Seguo il tuo consiglio.

– E cioè? – chiede sempre più interdetto.

– Mi sfogo positivamente – rispondo sibillina. – E faccio fluire via le emozioni.

Lui ammutolisce.

Io grido:

– Nero rabbia! Grigio tristezza!

Tutte le rondini e ogni altro uccello fuggono via dalla porzione di cielo che il mio grido ha disturbato.

Lucrezia e Alba ammiccano e sghignazzano. Per loro, oggi è una pacchia.

– Hai visto? – esclamo rivolta a lui. – Pure le rondini sono fuggite lontano. Saranno andate in cerca di qualcun altro di cui ridere?

Lui mi guarda. Si picchietta la fronte con l'indice senza parole.

Fingo di non vederlo, altrimenti litigheremmo e non mi va. Perché poi, *in fondo in fondo*, temo che abbia ragione su tutta la linea.

La verità fa
sempre irritare,
anche me.
Chissà se
crescendo
s'impara a
sopportarla...

NERO RABBIA

Mi siedo sull'erba a gambe incrociate e appoggio il blocco sulle cosce. Poi prendo un tubetto di colore e spremo un po' di nero in una vaschetta della tavolozza. Intingo il pennello. Poi, poi…

POI FINALMENTE MI SFOGO!

Voglio cancellare il bianco dal foglio con spennellate decise di nero. Riverso nelle spennellate tutta la mia rabbia. La trama nerastra diventa sempre più fitta, fin quasi a coprire completamente i rimasugli di bianco. Altre spennellate nere, e infine il bianco sparisce in un mare di nero. Fondo come il cielo notturno.

Poi, prendo il tubetto del bianco. Verso nella vaschetta delle gocce dense di colore. Come **lacrime lattee**, si mescolano al nero e lo diluiscono fino a trasformarlo in grigio.

Intingo di nuovo il pennello e lo passo sul foglio da disegno, lasciando tracce grigie. Graffio il nero più volte, finché ferite grigie e oblique tagliano il color *nero rabbia*.

Sospiro. **La tristezza è un sospiro.**

Infine sorrido per la prima volta. Che sollievo e che liberazione.

– Da quando in qua dipingi? – mi chiede Eden. È sbalordito. Ed è stupefatto. Aggiunge: – C'entra la tua amicizia sempre più forte con Gemma, la pittrice della classe? Oppure c'entra tua madre?

Rimango in silenzio. Sul mio viso un baffo di tempera grigia accompagna una lacrima solitaria. Purificatrice.

Il mio cellulare trema per l'ennesima volta. Poiché è a contatto con il ferro della panchina, la fa vibrare.

GRIGIO TRISTEZZA

E interrompe domande, lacrime, segreti e sfoghi.

– Se vuoi, rispondo io – si offre Eden.

Ora il tono è affettuoso e protettivo.

Rifletto: la lacrima grigia deve essere stata coreograficamente convincente. Oppure, chissà, forse gli è piaciuto lo sfogo cromatico.

– No, grazie, Eddy. Non si possono rimandare i problemi per sempre – mormoro.

Controvoglia pulisco le mani sull'erba folta primaverile. L'erba, che era verde brillante, diventa grigiastra. Magie dei colori.

Mi sollevo, e recupero il cellulare dallo zaino. Guardo il display. Esclamo:

– È ma'. **UFFA**. Di nuovo! Da casa mi stanno tartassando ma io tengo duro. Non ho ancora risposto né alle chiamate né agli sms. Immagino cos'avranno da dirmi.

– Devi rispondere, invece. Almeno tranquillizzala sul tuo stato – insiste lui.

– No – dico. Dentro di me so di sembrare una bambina, ma non ce la faccio.

Eden mi toglie il cellulare dalle mani e preme su "*rispondi*". Poi accosta il cellulare al mio orecchio.

Metto il vivavoce, perché ho bisogno di condividere la telefonata con qualcuno.

– Come stai, Ivy? – mi chiede mamma, titubante. Immagino che anche lei abbia saputo di Carlotta ma che sia indecisa se dirmelo oppure no.

– Tiro avanti, ma'.

– Ti aspettiamo a casa per il pranzo? Vieni?

Esito. Eden mi guarda con intensità e mi fa cenni eloquenti, mimandoli con la solita capacità innata.

Eddy
è un mimo
nato.

Interpreto rapida i suoi gesti: *noi due mangeremo qualcosa al volo da qualche parte.* Perciò traduco i gesti in parole:

– No, mamma, mangerò qualcosa al volo con Eden.

– Bene – mormora lei.

La sua voce mi sembra grigia come la mia tristezza di poco fa. Perciò mi giustifico:

– Scusaci, ma abbiamo voglia di starcene per conto nostro. E poi, tra meno di due ore ho il rientro a scuola per il recupero di greco. Te lo ricordi?

– Vero. No, non me lo ricordavo – mormora lei, incerta ma meno triste. – Tutto bene per il resto?

Tentenno: che cosa faccio? Scelgo la verità o una bugia diplomatica? La coscienza mi suggerisce la strada scomoda ma retta della verità. Anche Eden mi fa un cenno di "*ok*" con il pollice all'insù.

Occhi lucidi e fiato corto, rispondo a fatica:

– In parte, sì. Benino. Però so tutto di Carlotta.

– Come l'hai saputo? – boccheggia mamma. Il suo tono di voce è atterrito. Sicuramente starà pensando che, come l'ho saputo io, anche tutti gli altri potrebbero essere già informati.

– Le solite *nemicheamiche*, Lucrezia e Alba. E il consueto facebook chiacchierone: le sue vie sono infinite.

– Ah, quelle due vipere! E facebook, poi…

Ci risiamo! Poveri rettili. E poveri noi.

– Invece tu e papà come l'avete saputo? – le chiedo quasi senza fiato. Deglutisco a fatica. Eden mi stringe la mano e mi fa l'occhiolino.

– Stavo navigando su internet per lavoro, quando nella pagina facebook della mia attività è apparso il solito segnale rosso di post nuovo.

– E dire che non navighi quasi mai…

– Già – commenta lei, con voce triste. – Allora ci vediamo più tardi?

– Sì, ma'.

– Va be'. Oggi nemmeno Carlotta tornerà a pranzo, perché è impegnata con Marco. Perciò rimanderemo la discussione familiare a stasera.

– Intendi dire "la litigata familiare"!

– Edera, ti prego, controllati. Almeno tu.

– D'accordo, mamma – mormoro. Ma aggiungo con ironia: – Non vedo l'ora di discutere in famiglia le questioni sul matrimonio di mia sorella.

– Detto tra noi: anch'io non vedo l'ora – ironizza mamma. – Però dobbiamo affrontare i problemi, uno per volta. E dobbiamo farlo insieme. Mi prometti di non prendere iniziative prima di averci interpellato?

– Va bene. Te lo giuro.

– Grazie. Stai attenta, tesoro – mi sussurra infine lei, complice. – E torna a casa appena puoi: pa' e io abbiamo bisogno di te.

Probabilmente è la prima volta che mamma mi confida di avere bisogno di me. Mi sento utile. *Quasigrande*. Necessaria. Perciò nonostante gli occhi lucidi e gli ultimi dispiaceri, dentro di me si accende una lucina in più. Brilla nel buio: la sua intensità è paragonabile a quella di una piccola stella solitaria nell'immenso cielo notturno. Però c'è. E luccica.

Che non sia questa la felicità? Un'emozione semplice, effimera ma commovente.

Saluto mamma mentre un nodo in gola dimensione rana toro mi azzera il respiro.

– Altre chiamate? – mi chiede il mio raga.

– Che?

– Ci sono altre chiamate improrogabili sul tuo cellulare, Ivy? Se ci sono, le affronteremo insieme.

– Da quand'è che sei diventato così saggio, Eden?

– Da quando sto con te, che domande!

La semplicità delle sue parole mi paralizza. Lui è perfetto per me. E mi vuole bene davvero. Tanto bene. Non fosse per quel maledetto settantasettesimo bacio… Perché non ho provato niente?

Un'intuizione mi attraversa: per caso, a volte, il corpo ha una volontà distinta da quella del cuore?

Lo dicono tutti, fin dall'inizio della nostra storia.

– Che cosa ti sta succedendo? – mi chiede. Mi guarda negli occhi intensamente. E mi stringe le mani. – Ti sento lontana. Lontanissima, certe volte.

Faccio cenno di no. Ci sono cose di cui non si può parlare con nessuno. Men che meno con il diretto interessato.

– Dai, diamo un'occhiata al tuo cellulare – sussurra. – Controlliamo messaggi e chiamate, vuoi?

Annuisco. Lui scorre rapidamente sms e chiamate. Conta, riconta.

Poi…

– Giorgio ti ha cercato tante volte e ha lasciato molti sms che tu non hai nemmeno letto.

– Lo so – ammetto a malincuore.

La verità brucia anche quando è gelida come il ghiaccio.

– Dobbiamo richiamarlo. Glielo dobbiamo.

– Lo ammetto. Io non ho il coraggio di dirgli che la sua ragazza sta per sposarsi con un tizio appena conosciuto *chissàdove* e *chissàcome*.

– Giorgio è grande ed è capace di gestire la sua vita. Sempre che qualcuno lo informi di ciò che gli sta capitando.

Lo stomaco mi si contorce ma annuisco di nuovo. *Vero vero vero.*

– Lo chiami tu o lo chiamo io? – domanda ancora Eden.

Senza parole, sollevo il dito indice e lo punto sul suo torace. Significa:

"Chiamalo tu. Ti prego."

Dare un dolore così grande al mio amico Giò è troppo per me. Non mi uscirebbe la voce.

Eden compone il numero mentre io impallidisco.

Per tutte le piante carnivore del mondo!

I pochi secondi che seguono si dilatano come se diventassero ore.

Sento Eden promettere a Giorgio una serata di spiegazioni e di scambi di vedute.

Anche a nome mio.

E sento Giorgio ringraziare e riferire di essere a pezzi ma ancora in piedi.

Sento ancora Eden salutare e abbracciare Giorgio da parte nostra.

Pure a nome mio.

Sento infine Giorgio fare il nome mio e delle gemelle con affetto. Lo sento anche dire di salutarci con un abbraccio.

Avvampo.

Le lacrime pesano sulle mie palpebre come gocce di rugiada sugli steli d'erba al mattino. Mi chiedo quanta rugiada gli steli sopportino prima di spezzarsi. E quante lacrime, le mie palpebre?

Ah, è veramente difficile saper vivere. Nonna Esmeralda ha ragione, come sempre. Difficilissimo.

Amici e amiche dicono che persino i nostri nomi sono perfetti per stare insieme... EDERA+EDEN. Un segno del destino?

Quanti anni dovranno passare prima che io impari a farlo? Esiste una scuola della vita?

Voglio subito l'indirizzo della scuola della vita, il telefono, la mail, il sito internet, il link su facebook. E il documento d'iscrizione. Per favore. ☹

VOGLIO ISCRIVERMI SUBITO
ALLA SCUOLA DELLA VITA!
DOV'È? E COME SI FA?

Capitolo 11

MomaKakaò: abbuffata di cacao o di sorprese?

"La vita è come una scatola di cioccolatini: non sai mai quello che ti capiterà!" Parole sacrosante! Sono recitate da Tom Hanks nel film pluripremiato dal titolo "Forrest Gump", di Robert Zemeckis, del 1994. Chissà che cosa sta per succedermi...

Dopo la telefonata a Giò e dopo uno sguardo d'intesa, Eddy ed io ci alziamo dalla panchina e raggiungiamo il suo scooter. Inzaccherato di fango preistorico, mi sembra diventato color *giallo missione speciale*, ed è fermo nel parcheggio del liceo da stamattina.

SCOOTER GIALLO MISSIONE SPECIALE

Eden toglie la catena che assicurava il suo amato mezzo di locomozione a un palo.

– Hai qualche idea per lo spuntino? – gli chiedo. – Urge il posto giusto! Quello che fa dimenticare, che solo noi due conosciamo, e che perciò cancella per un po' angosce, ansie, dispiaceri.

– Che ne dici del *MomaKakaò*? È un secolo che non ci torniamo.

– Che idea. Sei grande. Più grande della *Rafflesia arnoldii*!

– La *raffla*-che?

– La *Rafflesia*! È la pianta che fa il fiore più grande del mondo, che altro!

La *Rafflesia arnoldii* è una pianta parassita originaria della foresta pluviale indonesiana. Non possiede tronco né radici né foglie.

Annuisce un po' annoiato.

Che peccato. Eden non condivide la mia fissa per le piante. Temo che lui abbia una fissa solo per me. Non so se sia un bene o un male.

Interrompe le mie riflessioni, chiedendomi:

– Allora? Vada per il *MomaKakaò*?

– È il posto giusto: parenti, amici o prof non lo frequentano, ed è originalissimo. Ce ne staremo tranquilli e lontani dai guai.

– Bene, allora. Andiamo – mi dice.

Pare avere fretta. Sono sicura che sia affamato. Annuisco e gli sorrido.

SCOOTER GIALLO INVIDIA

Eden sale sullo scooter, infila il casco e poi mi aiuta a salire dietro di lui.

Mentre ci allontaniamo dal Dante, in sella allo scooter che adesso mi sembra color *giallo invidia*, mi gusto l'aria delusa di Lucrezia e di Alba: lo spettacolo improvvisato è finito. Che cosa faranno nelle prossime ore? Be', sparleranno di Carlotta e di noi, e diffonderanno tutti i particolari. Che altro? Pensare criticamente non compete loro. Dopo una breve corsa con lo scooter, ci ritroviamo in pieno centro città.

Eden conosce ogni strada, ogni vicolo. Oggi imbocca tutte le scorciatoie senza tralasciarne nessuna, perché è già tardi e perché ha fame. Pensieri, problemi e preoccupazioni gli mettono appetito.

Presto ci troviamo di fronte al *MomaKakaò*. La facciata del famoso *sweet lounge* sembra più marrone del solito. L'insegna a forma di baccello di cacao è inconfondibile. Il nome del locale è intagliato e illuminato dall'interno. Le lettere sono arrotondate e di color arancione.

– Oggi siamo fortunati, Ivy – esclama lui, – c'è un posto libero davanti alla porta. Forza, parcheggiamo ed entriamo prima che il locale si riempia.

– Pazzesco, eh? Un posto libero davanti al *MomaKakaò*! Evviva. Finalmente qualcosa va per il verso giusto – esclamo anch'io.

Nonostante le rabbie del mattino, gli odori incredibili che aleggiano fuori dall'entrata del locale stuzzicano anche il mio appetito.

Ah, il *MomaKakaò*. Questo posto non smetterà mai di incantarmi. È unico.

Eden sistema lo scooter sulle strisce di parcheggio, a ridosso di un botteghino che vende fiori freschi. Il proprietario ci sente parlare e ridere, perciò si affaccia, convinto di fare affari. Ci saluta con la mano come se ci conoscesse. Noi rispondiamo con un sorriso. Intanto noto le sue mani: è come se sapessero parlare. Mi dicono che hanno passato la vita a maneggiare fiori, rami, terra, spine e piante. Sono mani bellissime, nodose, callose, e usate nobilmente.

L'uomo ci guarda con maggiore attenzione, poi se ne torna sconsolato dentro. Deve aver capito che Eden non è il cliente giusto.

Sbircio i fiori infilati in vasi di differenti altezze: sono bellissimi, colorati, insoliti. Qualcuno non l'ho mai visto in vita mia. Non ci sono rose né gerbere né calle né tulipani. Al contrario, noto degli Anthurium bianchi, papaveri, spighe di grano, rami della pianta del cotone, e altre stranezze vegetali per appassionati dell'originalità. Boh.

Tanto non avrò in regalo né gli uni né gli altri.

Sbircio verso Eden: non si è accorto di nulla. È intento a mettere la catena al suo scooter.

CHE MERAVIGLIA!

Nella frazione di un secondo decido di regalarmi un fiore qualsiasi e di comprarlo in questo botteghino.

Sembrerà una piccola vendetta? Non m'importa. In fin dei conti ci sono ragazze che ricevono fiori quasi tutti i giorni...

Invece io non ho necessità di qualcuno che mi regali dei fiori: posso comprarli da sola. Ho la mia paghetta. Prometto a me stessa che quando usciremo dal *Moma*, deciderò quale.

SCOOTER GIALLO MIMOSA

Intanto togliamo i caschi e li assicuriamo allo scooter *giallo mimosa*. Poi entriamo.

L'aria è satura di odori dolcissimi e penetranti: cioccolato, vaniglia, cannella, rum, spezie sconosciute. La penombra è illuminata da abat-jour rossi, gialli e arancioni. L'atmosfera è misteriosa e intrigante. Il vociare è sommesso. La musica è splendida ma non invasiva.

Il *MomaKakaò* ha altre caratteristiche che lo rendono inconfondibile: è microscopico, ed è arredato interamente in legno e in velluto. E poi è dominato da una scala a chiocciola ripida e attorcigliata su se stessa. Assomiglia allo scheletro di uno strano dinosauro: i suoi gradini accompagnano al piano di sopra tutti i coraggiosi che li affrontano. Gradino stretto dopo gradino sempre più stretto.

I tavoli sono molto bassi, morbidi cuscini colorati sostituiscono le sedie.

Noi ragazzi adoriamo questo posto, perché è diverso da tutti gli altri. E poi, a chi non piace il cioccolato? In questo locale il cacao è l'ingrediente presente in tutte le portate. Una vera libidine per il palato e per l'olfatto.

– Salve, Moma! – esclama Eden, rivolto a una donna corpulenta che sta dietro il bancone rivestito di cuoio scuro.

– Ciao, Moma – dico.

– Ehilà, ragazzi! Carissimi! Bentornati – ci risponde la proprietaria, in tono confidenziale.

Sorrido tra me: Moma è famosa in città per i suoi dolci al cacao ma anche per i suoi eccessi linguistici. Enfatizza molte parole e utilizza cascate di superlativi assoluti. La osservo e ammetto che è enfatica anche nell'abbigliamento. I colori hanno accostamenti eroici e gli accessori sono appariscenti e in sovrannumero.

– È da un po' che non ci si rivede, carinissimi.

– Già – mormora Eden. E le sorride. – Ci sei mancata.

– Pure voialtri. Siete due *clientissimi* miei. Amati e preferitissimi.

– Moma, sei in forma – aggiungo. E non scherzo, perché è vero: il suo aspetto è curato, il viso è luminoso e i superlativi sono numerosi, come sempre.

– In formissima anche voi. E bellissimi, insieme. Credevo che vi foste lasciati – aggiunge Moma. E scuote i capelli tinti e gli orecchini a cerchio tintinnanti.

– CHE? – esclama Eden.

– Pensavo che vi foste lasciati – ripete lei. – Di questi tempi ci si lascia facilmente. Si stanno lasciando *tutti tuttissimi*. E si formano nuove coppie molto molto fantasiose. Supercoppie.

– Noi, no. Noi, no – esclama deciso Eden.

Mi guarda e cerca conferma alle sue parole. Io annuisco.

Intanto, però, penso: "Almeno spero. Invece a quanto pare Carlotta, che segue sempre le mode, ha aderito all'iniziativa… "

– Bene, bravissimi. Sono contentissima di conoscere due eccezioni. Che cosa vi porto? Il solito *antipastino sfiziosissimo*?

– Per me, sì – dico. – Vorrei un toast con salamino in agrodolce al cacao, un bicchiere di succo di amarena spolverato di cacao amaro, infine una porzione di *Eclissi di luna al cacao.*

– Invece, io vorrei un panino con formaggio e pomodorini al cacao e una porzione di torta *Nuvolone nero*.

– *Ottimissima* scelta – esclama Moma come sempre. – Accomodatevi e vi farò sognare. *Sognare cioc*…

– … *cioccolato non fa mai ingrassare, non fa pensare, fa solo amare!* – le facciamo eco noi due.

Questa frase è lo slogan del *MomaKakaò,* è il documento programmatico dello sweet lounge.

– Dai, saliamo – mormora Eden.

– Adoro questo posto, sai – sussurro. – Sembra il nido di un uccellino o la tana di uno scoiattolo. Qui dimentico il mondo che c'è fuori. Annullo la realtà.

– Lo dici ogni volta.

– Però è vero. Oggi più che mai – esclamo annusando l'aria impregnata di profumo di rum, di cacao amaro e di zucchero. – *Mmm*… fantastico.

– Dove vuoi sederti?

– Sopra. Nel tavolinetto d'angolo, quello in disparte e romantico: il nostro.

– E poi sarei io quello ripetitivo? – esclama. E mi sorride.

Ha ragione, lo ammetto: voglio stare sempre al piano di sopra, nonostante sia più scomodo e più stretto. E cerco lo stesso tavolino.

Lui mi afferra per il punto vita, mi invita a camminare a quattro gambe unite, e mi spinge verso la scaletta a

È una scaletta a chiocciola o lo scheletro di un Velociraptor?

chiocciola. Saliamo in simbiosi, incespicando e ridendo di gusto per la prima volta da ore. Anzi da giorni.

Sento anche Moma ridere: sembra più divertita di noi. La sua risata si mescola agli effluvi di zenzero e glassa e burro di cacao. È una risata calda che si avvita su per la scala a chiocciola. E infine si unisce alle nostre.

MomaKakaò: piano di sopra.

In realtà, il secondo piano dello sweet lounge è una mansarda persino più piccola del piano di sotto. Ha il soffitto di travi di legno scuro a vista. È delizioso, irresistibile, naïf, romantico.

Se possibile, qua i profumi sono ancora più intensi. L'aria è satura di aromi. Fragranze di caramello, di miele, di pistacchio, nocciola, cacao e vaniglia stordiscono e incantano.

Cerco con gli occhi il *nostro* tavolinetto del cuore, quello con due grossi cuscini rossi a pois gialli. *Oh, no.*

Il tavolino è occupato da un ragazzo e da una ragazza che stanno baciandosi, seminascosti dai tendaggi e piegati di lato.

Il *lui* ci dà le spalle e bacia una *lei* oscurata dall'abbraccio. Sono lontani da tutto.

Nella frazione di un battito d'ali di colibrì mi chiedo se io mi sia mai sentita come quei due: così lontana da tutto.

Mi chiedo se l'amore sia libertà oppure se sia qualcosa d'inafferrabile e di difficile da capire e da raggiungere.

– Quassù c'è *aria baciosa*, non trovi? – sussurra Eden nel mio orecchio. – Speriamo che sia *contagiosa* come un virus rapido e distruttivo.

ARIA BACIOSA, ARIA CONTAGIOSA! Smack. MOLTO CARINO!

Poi Eden mi fa l'occhiolino.

Inevitabilmente arrossisco.

Sul nostro solito tavolinetto, ormai diventato il loro, c'è appoggiato un mazzolino meraviglioso di mughetti bianchi intrecciati a fiori di pesco. L'originalità della composizione mi fa pensare a un'opera del signore che ha il botteghino vicino all'entrata.

Eden ed io cerchiamo un altro tavolino libero. Però sono quasi tutti occupati da ragazzi e ragazze che chiacchierano.

– Mettiamoci laggiù in quell'angolo. Tanto è la stessa cosa, Ivy, tavolinetti e cuscini sono simili – propone Eden.

Mimo un'espressione mogia, però ubbidisco, scivolando a mo' di felino imbranato tra spigoli vivi, ragazzi seduti a terra e cuscini vicinissimi tra loro.

Intanto tiro Eden per la mano.

Urto varie cose involontariamente, e spero sempre che non siano dei piedi ma le gambe dei tavolini. Infine, dopo molte acrobazie e qualche *sbianco*, arrivo a destinazione. Mi aggrappo allo spigolo del nostro nuovo tavolinetto e conquisto a fatica il mio cuscino gigante e colorato.

Ci sediamo e ci aggiustiamo come possiamo. Lo spazio è esiguo: i profumi delle spezie hanno preso il sopravvento su tutto. Noi ci sentiamo spodestati, e i nostri sensi sono sensibilizzati dai profumi, ma è una sensazione insolita, inebriante e bellissima.

– Ricordi il *virus bacioso*? – sussurra e mi sorride, complice. Poi socchiude gli occhi e mi bacia lievemente sulla bocca. Dolcemente.

Il momento dell'atteso settantottesimo bacio è arrivato…

Mi concentro, annullo il mondo, spengo l'interruttore della coscienza. E mi aspetto di sentire le solite cose: vortici da capogiro, mareggiate, tuffi virtuali in acque di smeraldo, sbuffi di calore in pianure ghiacciate. Invece, *ahimè*. Niente di niente.

Riapro gli occhi preoccupata più di prima: Eden è ancora altrove. Invece io sono presente, fin troppo presente a me stessa. Nonostante i profumi inebrianti, nonostante i colori caldissimi, nonostante il *MomaKakaò*. *Ahimè*.

È come se a una ricetta di successo d'improvviso venisse a mancare un ingrediente misterioso che non si riesce a ricordare…

Mi allontano da lui a testa bassa. Senza guardarlo, sentendomi ferocemente in colpa.

Un giorno o l'altro ***farò fuori Cupido***, lo giuro. È un avventuriero e un ***tirafrecce* a tradimento.**

Se dovessi dare un voto al nuovo bacio, freddamente darei due meno al sentimento e zero alle emozioni.

Ehm. Che guaio. Che cosa mi sta succedendo? Aiuto. Esiste un *telefonorossopercoppieincrisiemotiva*?

Guardo il *nostro solito* tavolino, con nostalgia. Che sia colpa del posto in cui ci siamo seduti? Che sia questo l'ingrediente mancante?

Casualmente incontro uno sguardo felice, profondo ed emozionato. Sono occhi che conosco bene: sono di Carlotta. COSA? Carlotta è qui? Mia sorella al *MomaKakaò*? Impossibile.

EMOZIONI SOTTO ZERO… MEOM.

Capitolo 12

Sorrisi come semi che germogliano nel buio

"Le cortesie più piccole, un fiore o un libro, piantano sorrisi come semi che germogliano nel buio".
Questa bellissima poesia è di Emily Dickinson, la mia cara amica poetessa Emily. Chissà, forse anche a lei capitò quello che sta per capitare a me?

Allungo il collo e guardo meglio, certa di essermi sbagliata.

Invece, no. I due seduti al *nostro solito* tavolino sono Carlotta e torpedine.

Carlotta e Marco, qui? La coincidenza delle coincidenze. La regina di tutte le sfighe. Sgrunt. ☹

Se in questo istante finisse il mondo, non mi stupirei.

Mia sorella sbarra gli occhi bistrati di nero. Spalanca anche la bocca truccata di rosso corallo. E mi fissa come se avesse appena visto un marziano.

– *SGORBIO VIOLA!* – esclama ad altissima voce. – Che ci fai tu qua?

Sbuffo. Sono *stufissima* di sentirmi chiamare "sgorbio viola". Poi chiedo di rimando:

– E invece tu? Che ci fai tu qua?

Anche torpedine sembra paralizzato dallo stupore: guarda me e osserva Eden, senza parlare. Fissa Carlotta con intensità, come se non si capacitasse della potenza

D'ORA IN POI NON CREDERÒ PIU ALLE COINCIDENZE.

inaudita del caso. O vogliamo chiamarlo piuttosto *Destino* o *Fato*?

Poi osserva di nuovo me.

Gli occhi color bosco autunnale di torpedine hanno il solito effetto misterioso: non li sopporto per più di tre secondi. Come se non bastasse, la sua voce mi fa rabbrividire.

Spero con tutte le mie forze che non si avvicini. Che resti dov'è: a distanza di sicurezza.

Ormai sono certa che il soprannome che gli ho affibbiato gli si addica. Forse lui è elettrico per natura.

– Carlotta, non ci presenti? – domanda intanto Eden.

Lo sento parlare come se fosse in un sottofondo ovattato. E lo invidio: il mio boy è sempre a proprio agio con tutti, e ovunque. E infatti, come volevasi dimostrare, mi prende una mano, si solleva da terra, mi tira dolcemente su. E ci avviciniamo a Carlotta e tizio. Lui si alza in piedi, lei no.

Mia sorella tossicchia imbarazzata. Poi mormora:

– Certo che vi presento. Marco, lui è Eden, il ragazzo di Ivy.

I due si stringono la mano da perfetti estranei mentre Carlotta imbastisce qualche altra frase delle sue.

Basita come sono per tutto, resto in silenzio e assisto alla scena, sperando inutilmente che questo sia un brutto sogno.

Unica nota positiva? Eden si rivela un maestro della simulazione: riesce a restare indifferente e fa finta di non aver mai incontrato prima il nuovo ragazzo di mia sorella.

In realtà pure torpedine si comporta allo stesso modo.

– Bella coppia, vero? – esclama Carlotta, certa di avere letto i pensieri di Marco.

Torpedine annuisce ma è indeciso. Per la prima volta non sembra a suo agio. Poi abbassa gli occhi e finge di controllare le chiamate, tirando fuori il cellulare dalla tasca dei jeans.

Anch'io non riesco a guardarlo più: distolgo l'attenzione, lascio la mano di Eden e nascondo le braccia dietro la schiena.

– Sedetevi in qualche modo – dice mia sorella, spostandosi di qualche centimetro, – non potete restare in piedi.

Eseguiamo, infilandoci a stento in un angoletto angusto, per terra.

Guardo il mazzolino di mughetti e fiori di pesco. Che belli.

Belli quanto lui?

Non vorrei, ma per colpa del pensiero che ho appena formulato, le mie guance diventano rosso geranio. Il fatto è che in me la sincerità trapela. E corpo e pelle non riescono a trattenerla e a camuffarla.

– Nonostante mia sorella si vesta sempre malissimo – dice Carlotta, – quando è con il suo ragazzo, diventa più carina. Forse è perché è appena arrossita? Che ne dici, Marco?

Torpedine sussurra quasi impercettibilmente:

– Non so.

– O forse è merito della luce abbagliante dell'amore? L'amore riesce a far brillare persino i sassi come stelle – termina acida.

Sono talmente esterrefatta che non riesco a risponderle a tono e in rapidità.

Perché mi ha detto una cosa così cattiva? E per di più davanti al suo ragazzo?

I miei occhi luccicano e tremolano. Però farò di tutto per non piangere. Sarebbe un segno di debolezza.

Eden, che teme che io possa risponderle, mi dà una gomitata di nascosto. Per sicurezza.

Rimango zitta. Per tanti motivi: per non scoppiare a piangere, per lui, e anche per la promessa che ho fatto a mamma al telefono. Però giuro a me stessa che d'ora in poi cercherò di dimostrarle che non sono lo *sgorbio viola* che lei crede. Ce la metterò tutta. O non mi chiamo più Edera!

– Ma voi due quand'è che siete arrivati? – mi chiede Carlotta, dopo un po'. Sembra persino più stupita di me.

– Pochi minuti fa – rispondo seccamente, – ma non vi avevamo visto.

– E dire che questo posto è microscopico... – ironizza lei.

– Eravate allacciati come due millepiedi! – esclamo d'impeto.

– Ma no, che dici, Ivy? Piuttosto come due ricci in amore – aggiunge Eden, stando al gioco.

– Che simpatici! – ironizza Carlotta.

Eden le sorride, le fa l'occhiolino e prosegue:

– Non credevo che il *MomaKakaò* fosse di tuo gusto, Carlotta.

Come suo solito, il mio ragazzo tenta di superare i momenti imbarazzanti usando toni scherzosi. È una delle cose che mi piace di più di lui.

– Infatti, non lo è – precisa lei. Voce tagliente e sguardo altezzoso. – Non sopporto questi odori forti e strani, e nemmeno questi tavolini bassi. E poi, perché stare seduti in terra quando sono state inventate le sedie da secoli?

Ogni volta che Carlotta si comporta in questo modo mi viene un dubbio: forse il suo pH acido è arrivato a livelli insopportabili per un essere umano. Che sforzo non sbuffare... Dentro di me fremo e soffio come un vulcano attivo. Invece all'esterno appaio ricettiva e comunicativa come un iceberg.

– L'idea di venire qua è stata mia – dichiara torpedine a un tratto. – Il *MomaKakaò* mi piace molto.

– Confermo. Lo adora – sussurra mia sorella, – e vi confido che questo è il suo tavolino preferito. Quando viene qua, Marco pretende di sedersi in quest'angolo.

– Ma guarda che coincidenza – aggiunge Eden. – È anche il tavolino preferito da Ivy.

Arrossisco. Guardo il parquet scuro e le mie scarpe a fiori e stelle.

Torpedine non aggiunge altro né mi guarda. Forse fissa anche lui il pavimento. Boh.

Se i pensieri parlassero, sai che caos, in questo istante!

Alzo lo sguardo e di nuovo fisso il mazzolino di mughetti. Pur di farfugliare qualcosa, dico la verità:

– I mughetti sono fiori insoliti e bellissimi. Una favola.

– Me li ha regalati Marco – mi dice mia sorella, – sono meravigliosi, vero?

– Sì.

– Ivy adora tutti i fiori – spiega Eden. – Ma io non sono bravo come te, Marco. Non glieli regalo mai. Non li conosco. Non ne so niente.

– Basta prendere quelli che pensi le piacciano di più – mormora torpedine.

Carlotta aggiunge:

– Nostra nonna Esmeralda aveva dei mughetti nel bouquet da sposa. Ricordi le foto delle sue nozze, Ivy? Già. I mughetti sono perfetti per un bouquet da sposa.

Non l'avesse mai fatto: l'allusione al matrimonio mi spiazza. Sarà casuale o voluta?

Vorrei andarmene. Eden mi osserva, incerto, mentre torpedine si guarda intorno. Invece lei, imperturbabile, sta per rivolgermi un'altra domanda quando... Arriva Moma con il vassoio colmo di ordinazioni, e la interrompe. Che fortuna. Ignara di tutto e convinta di farci un favore, Moma sposta un tavolino e alcuni cuscini, e ci aiuta ad avvicinarne altri al tavolino di Carlotta. Poi ci saluta dicendoci:

– Vi lascio chiacchierare, ragazzi carissimi. Divertitevi: *mangiare in compagnia è mangiare in allegria!*

Noi la ringraziamo. Ma se sapesse...

Devio l'argomento "matrimonio" chiedendo a Carlotta informazioni sui profumi che vanno più di moda in questa stagione. Lei si lancia in un lungo elenco di marche, essenze, formule segrete super-protette, *e blablablablabla*.

A pranzo finito e dolce mangiato, non mi resta che andarmene prima possibile. Devo evitare che Carlotta ritorni sull'argomento scottante. Sarebbe un guaio. Al telefono ho promesso a mamma che non avrei preso iniziative e che avrei aspettato questa sera per chiarimenti, discussioni o litigi. Devo mantenere l'impegno.

Lancio un'occhiata al display del cellulare per sapere l'ora; come sempre, ho dimenticato l'orologio da polso a casa. Per fortuna è veramente tardi, perciò ho la scusa giusta. Esclamo:

– *Per le foreste pietrificate del pianeta*, quanto è tardi! Devo tornare a scuola.

E meno male che era imperativo!

Mangiare in compagnia
è mangiare in allegria!

La foresta pietrificata più vecchia della Terra è in Arizona e ha 225 milioni di anni. Le sue piante, invece di decomporsi, si trasformarono in pietre fossili per una violenta esplosione vulcanica che le sommerse di lava e cenere, fossilizzandole.

– A scuola? Adesso? – si stupisce Carlotta.

– Sì. Ho una lezione di recupero: greco.

– Vero, Ivy, è tardissimo – aggiunge Eden, cogliendo l'occasione al volo. – Tu devi andare via, anzi, noi dobbiamo andarcene.

Eden pare sollevato: da che lo conosco è la prima volta che ha tanta voglia di riaccompagnarmi a scuola.

– Be', in questo caso – dice torpedine. – Aspettatemi soltanto un attimo. Torno subito.

Di corsa scende al piano di sotto.

Sentiamo Moma dirgli qualcosa e poi udiamo sbattere la porta d'entrata.

Lancio uno sguardo d'intesa a Eden. Lui comprende e tempesta Carlotta di domande sul suo lavoro in profumeria. Lei parla fitto di nuove fragranze e di pubblicità e di modelle strapagate dalle aziende.

Il nostro è un vecchio trucco che funziona sempre.

Passa qualche minuto ma torpedine non torna.

Insisto:

– Mi dispiace, ma devo andare. Scusaci con tor... *Ehm*, con il tuo ragazzo.

– Non potresti restare un altro po', Ivy? Per favore! Marco e io vorremmo parlarti di una cosa. Anzi parlarvi: Eden è uno di famiglia ormai.

– Mi dispiace tanto, ma te l'ho detto: ho il recupero di greco. Omega è esigente, lo sai – insisto. Poi mi alzo in piedi ed Eddy fa lo stesso.

Lei abbassa la testa: si è arresa? Non posso crederci. *Quasi quasi* mi dispiace. Impietosita, aggiungo:

– Comunque ci vedremo stasera a casa, vero? Sarete a cena?

– Sì, Ivy. Allora, la chiacchierata è rimandata a stasera – mi dice e mi lancia un bacino.

Le sorrido e le faccio “ciao” con la mano. Eden fa lo stesso. Poi scendiamo i ripidi scalini della scala a chiocciola.

Una volta sotto, paghiamo le consumazioni e salutiamo Moma. Eden apre la porta e mi lascia passare, quando sulla soglia appare Marco dal nulla. Quasi ci scontriamo. La distanza tra noi è nulla. Un soffio di primavera.

– State andando già via? – ci domanda torpedine. Aria quasi dispiaciuta. Braccia dietro la schiena.

– Sì, Ivy deve tornare di corsa al liceo – gli rammenta Eden. Perché?

– Be’, ho pensato. NO, veramente Carlotta e io abbiamo pensato di prendere un pensiero… cioè, no, un pensiero non si prende… – balbetta Marco. Poi prende fiato e aggiunge: – Volevo dire che… che abbiamo pensato di regalare a Edera questo…

Dalla sua schiena spunta un mazzo di fiori veramente strano. Verticale, elegante e bellissimo. Torpedine me lo porge. Senza dire altro.

Lo prendo e lo tengo saldamente. Altrimenti non saprei che farmene delle mani. Balbetto anch’io, a disagio:

– Ma-ma… pe-per-ché?

– Non sempre c’è un perché. I fiori sono fiori – risponde. – Si accettano per quello che sono.

Non significa niente o forse sì? Non so: sono troppo confusa e non ho abbastanza fiato. Non riesco a replicare.

Avvampo. In questo momento non so chi sia più rosso di noi due.

Per di più non riesco a staccare gli occhi dai fiori. Che poi, non sono soltanto fiori.

– Sono foglie di lattuga fresca, rami fioriti di pero e ranuncoli – sussurro.

– Ranuncoli neri, sì. Il signore del botteghino è un artista. Ed è bizzarro come un artista.

– Vedo – mormoro, come un automa.

– Ti piacciono?

– Belli. Grazie – aggiungo piano. Non riesco a fare di meglio. Non riesco nemmeno a pensare.

– Ho pensato che se i fiori non dovessero piacerti, alla tua tartaruga le foglie di lattuga piaceranno senz'altro.

Perché mi ha regalato dei fiori? NON DOVEVA.

Lui sorride. Sorrido anch'io e penso a Pigrizia: adora la lattuga e la sgranocchia in un lampo.

Stavolta persino Eden è senza parole. Le sta cercando ma non riesce a trovarle. Noto che annaspa. Forse sta contando mentalmente quante volte mi ha regalato dei fiori. *Ahimè*, sono pochissime.

FORSE TRE?

Salutiamo Marco e montiamo sullo scooter color *limone acido*.

Il greco mi aspetta: dovrei essere preoccupata. Invece ora qualunque cosa mi fa meno paura delle incertezze che m'inseguono.

SCOOTER LIMONE ACIDO.

Capitolo 13

Sgorbio viola o principessa?

"Forma bonum fragile est",
e cioè "la bellezza è un bene fragile".
La frase è di Publio Ovidio Nasone, detto Ovidio,
nato nel 43 a.C. a Sulmona, in Abruzzo,
e morto nel 18 d.C. Ovidio è stato uno dei poeti più
celebri dell'antica Roma. La sua frase fa riflettere:
è così "attuale" e assoluta! Ohi, ohi... E adesso?
Chi ha il coraggio di riferirla a mia
sorella Carlotta? IO! IO! IO!

Quando torniamo in via degli Orti con lo scooter, Eden frena dolcemente una decina di metri prima del cancello di casa mia, perché vuole salutarmi in pace senza che le gemelle o i miei ci vedano. Perciò notiamo che davanti casa c'è un furgone in sosta. È bianco a righe gialle e nere; sulle fiancate spicca un marchio che non ho mai visto né letto altrove. La targa è diversa da quelle che circolano in città: ci gioco, scomponendo e ricomponendo i fattori. Una serie di lettere forma casualmente un nome femminile e anticipa tanti zeri. Infine ci sono dei sette in coda. Il sette è un numero magico, l'ho letto da qualche parte… Sorrido tra me. Targa buffa e insolita. Da dove arriverà?

Noto anche che uno sportello del furgone è aperto dal lato del nostro giardino. Forse ha appena consegnato qualcosa. Sogno che ci abbia portato qualche bella pianta da giardino…

LOLA 0000777
LULA 000077
LOLA 000771

Quando l'autista del furgone vede che restiamo in sosta, richiude lo sportello. Occhieggia verso di noi. Rimane qualche altro minuto parcheggiato sul ciglio della strada. Poi riparte a velocità sostenuta, lasciando dietro di sé un polverone.

Soltanto quando la polvere si dirada e svanisce, scendo dallo scooter, con lo zainetto a tracolla e con il mazzo di fiori stretto a me.

Lancio un'occhiata ai fiori: i ranuncoli neri e i fiorellini di pero sono in ottimo stato. Pure le foglie di lattuga.

In vita mia non ho mai ricevuto un mazzo di fiori più strambo. Però quanto è bello… Vertigini e stordimento. **Maledetto Cupido: stai diventando cieco, sordo, e *molto molto* insolente**.

IO-STO-CON-EDEN. E nessun altro.

All'istante ripenso alle mille congetture di Venus appena ha visto questi fiori. Nonostante fossimo a scuola e nonostante la presenza di Omega, Venus mi ha sottoposto a un interrogatorio di terzo grado. Voleva sapere a ogni costo perché il fidanzato di mia sorella me li avesse regalati. E mi ha torturato per tutta la durata del recupero di greco. Come avrei potuto risponderle? Nemmeno io so il perché.

Faccio spallucce e do un calcio al ricordo. Prima di salutare Eden gli chiedo:

– Chissà che cosa voleva quel tizio del furgone?

– Boh. Forse era qui per una consegna oppure era un idraulico o un giardiniere. Ricordati di chiederlo ai tuoi.

– La targa del furgone era strana: formava un nome di donna.

– Eh, brava, la mia investigatrice – mi canzona Eden affetttuosamente.

A sorpresa, gli tolgo il casco, gli scompiglio tutti i capelli. Lui ride. Mi lancia un bacio. Poi…

– D'accordo, Sherlock! Segui le tue piste. Noi ci sentiamo domani, ok?

– Certo, Eden.

– Stasera t'invierò il solito sms della buonanotte, prima di addormentarmi – mi sussurra infine.

– Lo farò anch'io.

– Ti penso sempre. Mattino, pomeriggio, sera e notte.

– Anch'io – rispondo. Mi pento all'istante: so fare di meglio se mi ci metto. Però…

– Se ci fossero grandi novità, chiamami, mi raccomando.

– Non potrò farne a meno, Eddy. Tu sei la mia roccia.

Lui fa rombare il motore del suo scooter *giallo ginestra*.

– A proposito, Edera, in bocca al lupo per stasera.

Incrocio le dita e gli sorrido. Invece dentro di me, con tutte le forze, vorrei essere un'altra. O forse finire davvero in bocca a un lupo. Meglio i lupi delle torpedini insidiose.

SCOOTER GIALLO GINESTRA

– Dopotutto quello che è successo oggi, non me lo merito un bacio? – mi chiede, con aria disarmante.

Glielo do, con tenerezza, sulla guancia. Non voglio e non posso baciarlo sulle labbra, perché temo di scoprire di nuovo che la vecchia magia che c'era tra noi sia sparita. Svanita? Evaporata? Eppure l'affetto c'è… tanto.

– Qualcosa di più, no? – mi chiede. E fa una faccia buffa.

– Emma ed Eva sono dietro i cespugli e ci stanno spiando – sussurro nel suo orecchio.

– Siamo alle solite – mormora lui. Ma sorride.

– Mi dispiace, tesoro.

La ginestra è un arbusto molto resistente, che ama gli ambienti rocciosi e impervi, e che cresce e fiorisce in situazioni limite. I suoi fiori gialli colorano le montagne.

Peccato che non sia vero. Altro che gemelline, è tutta colpa delle mie emozioni che se ne sono andare in ferie *chissàdove*.

– Non importa. Dai una carezza alle due coniglietta spione da parte mia – dice lui ad alta voce, convinto di essere ascoltato.

– D'accordo, capo – esclamo e gli do un altro bacio, questa volta a schiocco sulla fronte.

Dentro di me, il solito rimorso con i denti affilati morde a più non posso. Lo placo, scendendo a patti e promettendogli di risolvere la faccenda appena possibile.

Saluto Eden con la mano e aspetto che come sempre il suo scooter *giallo tristezza* sparisca dietro la curva dell'orizzonte. Poi apro il cancello del giardino ed entro. Avrei voglia di cercare le mie tarta. Avrei bisogno della loro compagnia e del loro affetto scontroso ma anche oggi è una giornata straordinaria. Non ho tempo da perdere. Abbiamo ospiti. E nuove prove da affrontare.

SCOOTER GIALLO TRISTEZZA

Avrei anche un bisogno struggente di fare giardinaggio, ma non ho tempo nemmeno per i miei fiori.

Attraverso il giardino in fretta, senza voltarmi mai. Tentazioni azzerate, in barba a Oscar Wilde, che scrisse:

Posso resistere a tutto tranne che alle tentazioni.

Giro la chiave nella toppa, apro il portone, ed entro. *Peppe* cigola più del solito: sarà l'umidità primaverile che invade il giardino alla sera, saranno le gemelline che lo usano con troppo vigore o sarà la vecchiaia che avanza?

Lo richiudo con delicatezza, come se fosse un nonno da abbracciare.

In casa i paralumi sono tutti accesi e sprigionano luci rosate e rossastre. Una bella atmosfera. **Casa mia**.

EVVIVA LE FRASI FATTE! ARG.

– Ciao, famiglia! – grido a tutti. Lo dico anche ai molti oggetti che sono ormai ufficialmente membri adottivi di casa Fidani.

– Edeva! Edevinaaa! – strillano Eva ed Emma. E mi corrono incontro come due cuccioli di dinosauro con molta voglia di giocare. Urlano ancora il mio nome.

Faccio appena in tempo a posare il mazzo di fiori sul comò che già loro mi saltano al collo e mi sbaciucchiano. Quasi cado sotto l'energia di quest'assalto affettuoso. Quando fanno così, assaporo la piccola felicità di avere due sorelline di cinque anni. Loro non sono soltanto guai e capricci e urla. Qualche volta sono tanto di più.

– Carlotta è già arrivata? – chiedo. Mi guardo intorno, mentre Emma ed Eva mi stritolano e mi strapazzano.

– *Nooo!* – esclamano in coro.

– C'è stata qualche consegna, ragazze? – chiedo ancora.

– Quale consegna? – mi risponde Eva.

– Poco fa qualcuno ha suonato al citofono? Ha consegnato pacchi?

– No, no! – strilla anche Emma.

– EDERA! BENTORNATA! – esclamano pa' e ma' dalla cucina. Ah, le loro voci... **pure le voci sono *casa*.**

Nel salotto regna un disordine sopportabile, quasi nella norma. La torre di libri che troneggiava vicino al divano rosso è ridotta a un muretto innocuo. I colori e i pennelli di mamma sono spariti. I giochi delle due *combinaguai* sono diligentemente riposti nelle ceste di vimini.

– Casa nostra suggerisce che stasera ci sarà un ospite che porterà grandi novità – esclamo, sorridendo. – Il caos è stato sfrattato. Per una magica sera, è fuori da qui. Le novità servono a qualcosa...

– *Già-già! Già-già!* – scherzano le gemelline, cantilenando a mo' di filastrocca.

– Sapete, piccole, oggi ho sentito Giorgio. Ha detto che vi vuole tanto bene e che vi saluta – sussurro alle due cucciole.

– Davvero davvero? – strilla Eva.

– Davvevo davvevo? – le fa eco Emma.

Annuisco senza riuscire a parlare: sono semi-strozzata dalle loro manine.

Per tutta risposta mi baciano di nuovo e mi atterrano sul pavimento come giocatori incalliti di baseball. Sono alla loro mercé.

Quando riesco a liberarmi, recupero i fiori e raggiungo mamma e papà. Ma le cucciole di dinosauro mi seguono in cucina, caracollando e saltellando.

Ah, santa pazienza. Chissà, forse Venus che è figlia unica vive senza stress e senza aggressioni. Ma sai che barba!

Pentole e padelle borbottano felici, mentre i coperchi faticano a trattenere profumi e vapori. La cucina è il cuore di casa nostra: non c'è dubbio.

– Che profumino delizioso! – esclamo.

– Non tentare di indovinare che cosa bolle in pentola – mi dice pa', – non ci riusciresti mai. Abbiamo fatto un esperimento culinario mai provato prima.

– Tanto per cambiare – scherzo. Li osservo con un pizzico d'invidia: dopo ventitré anni insieme, una figlia nata poco dopo il matrimonio, e due gemelle arrivate a sorpresa, ma' e pa' si amano ancora come il primo giorno. Che eccezioni. E che fortuna, per noi.

Quanti miei amici e amiche hanno i genitori separati o infelici? Tanti. Penso a Geneviève, a Diletta, a *Filippoquattr'occhi*.

– Be', abbiamo di nuovo Marco a cena – mormora mamma Annalisa. L'espressione del suo viso è indecifrabile. Poi, mi guarda meglio, vede il mazzo che stringo tra le mani, e mi chiede, stupita:

– Fiori? Strani ma bellissimi. Sono di Eden?

– No – le rispondo senza guardarla, – sono di Carlotta e del suo nuovo fidanzato.

– NOO! – esclama. – IMPOSSIBILE! E come mai?

– Non lo so – mormoro. Apparentemente sono troppo indaffarata a cercare un vaso adatto per guardarla. – Forse è un omaggio.

– Un omaggio?! Dici? – mi chiede. Sguardo curioso, tono indagatore, voce stupita. – E per cosa?

– Non sempre c'è un perché. I fiori sono fiori – le rispondo, parafrasando torpedine. La guardo negli occhi. Perciò la osservo bene e noto che ha cancellato ogni traccia di colore dalla testa ai piedi. Che strano: non succede quasi mai. A meno che…

– Oggi non hai lavorato – le dico recisamente.

– Infatti, no. Da cosa l'hai capito, Ivy?

– Mancano le prove oggettive – sussurro e le sorrido.

– E cioè?

– Le macchie di colore ovunque. Come mai non hai lavorato?

– Ero troppo arrabbiata e troppo preoccupata.

– Immaginavo. Anch'io lo sono. E tu, pa'?

– In banca ho collezionato distrazioni e gaffe. È stata una giornataccia. Sono fuori di me.

– Che cosa conti di fare?

– Carlotta ha ventidue anni, *perciò* è maggiorenne. *Perciò* è libera di decidere del proprio destino e della propria vita – mi dice pa', con amarezza. – E *perciò* non potrò fare granché. Potrò soltanto tentare di farla ragionare: le dirò che non ci si sposa con leggerezza. E che gli *amori per sempre* sono rari e fragili.

Gli amori per sempre sono una specie in via d'estinzione! Categoria: MINACCIATA

– Ho capito – mormoro. Intanto il mio morale va giù, in caduta libera. Prendo coraggio e chiedo ancora: – Credi che dovremo rassegnarci a un matrimonio fulmineo? È da matti.

– Temo che le nozze siano più che una semplice ipotesi – dice mamma. – Vero, caro?

– Eh, già, Annalisa. Siamo oltre l'ipotesi – mormora cauto papà a voce bassa, – perciò mi sono informato bene. Ho chiesto a tutti quelli che conosco.

– E cos'hai scoperto, Federico? – domanda mamma.

– Riepilogando: Marco Felloni è un bravissimo ragazzo. Finora si è sempre dato da fare, sia negli studi sia sul lavoro; e proviene da un'ottima famiglia.

– Be', è già qualcosa – aggiunge mamma.

Non rispondo: che cosa potrei replicare? Dentro di me è un tumulto di sentimenti contrastanti, di interrogativi muti, di dubbi atroci.

– Edeva, cambiati d'abito! – comanda intanto Emma, in tono perentorio. E mi fissa severa. – Fatti bella sennò non sembvi una pvincipessa.

Piccole ma pestifere, le mie gemelline! ;-)

Mi guardo e mi accorgo di essere ancora vestita come stamattina. E come ieri. E come *quasisempre*.

Le ore sono volate ma i pensieri mi hanno impedito di rendermene conto. Riconosco di essere una che guarda all'**essenza**. Dovendo scegliere, preferisco il seme (duraturo, costante) più che il fiore (passeggero, incostante); le radici (invisibili, salde) più che la chioma (visibile, apparente). Sarò fuori connessione?

Perché tentare di essere *appenapassabili* richiede così tanto sforzo? E perché non ci riesco mai?

Temo che abbia ragione mia sorella Carlotta: sono soltanto uno *sgorbio viola*. Mormoro:

– Hai ragione, Emma, vado a mettermi qualcosa di…

– ... Di *carino carinissimo* – m'interrompe Eva, saltellando irrefrenabile come una molla rotta.

– Anzi, qualcosa di *bello bellissimo*, Edevina. Tu sei bellissima, la sovella più bella del mondo – sussurra Emma. Si mette in punta di piedi e mi dà un bacino.

Rimango muta. Sbalordita. Emma non sa ancora leggere le parole, forse però per istinto sa leggere i pensieri.

Ah, i bambini… smetteranno mai di stupirmi?

Mi avvicino più possibile alle mie due pesti preferite. Le abbraccio strette e sussurro loro nelle orecchie:

– Non so che cosa fare, cucciole. Come faccio a dimostrare che non sono uno *sgorbio viola*?

La mia aria sconsolata le colpisce, perché si **mobilitano.**

– Chiama in aiuto la fata Smemovina – propone Emma, che ha fantasia da vendere, – e fatti tvasfovmave! Come Ceneventola.

– Fai una magia come fanno le principesse o le fate nelle favole – termina Eva.

E tu?
Che cosa preferisci?
☐ Seme
☐ Fiore
☐ Radici
☐ Chioma

– Metti covona, ali e scavpette di cvistallo. Savai bellissima, se cvedevai di esseve una *pvincipessafata* – sintetizza Emma in poche parole.

Battono tutte e due le mani.

Che trovata geniale: coroncina, alette, scarpette di cristallo e fede in me. Vedo la scena come se fosse reale: la mia entrata in IV D, provvista di ali lucenti, di coroncina dorata e di scarpette trasparenti con tacco. E la sicurezza in me stessa? Dove sarà? Dove la trovo?

Ma' e pa' hanno sentito le ultime battute delle gemelle e ora ridono di cuore.

Che bei suoni, le risate dei miei... Scoppio a ridere anch'io. Ho voglia di ridere.

Chissà come.

Forse è la tensione che cala di tono. Oppure forse è colpa dell'immagine di me stessa trasformata in principessa o in fata. Un vero spasso.

La mia famiglia ride ancora mentre salgo le scale.

Dal rumore dei passi delle piccole sulle scale e dalle esclamazioni di mamma, capisco che lei ha appena bloccato un tentativo di pedinamento delle mie sorelline *combinaguai*. Poi ma' strilla da sotto:

– IVY! Hai tutto il tempo che vuoi! Pa' e io non abbiamo bisogno di te: Emma ed Eva ti sostituiranno alla grande.

Sento le gemelle lamentarsi, deluse, e papà rimproverarle di lasciarmi in pace per una volta. Sento anche mamma ricordare a Emma ed Eva che dovranno aiutarla nella preparazione della cena. Le sento sbuffare come treni. Come caffettiere in ebollizione.

Come fa ma' a sopportarci tutte? Perciò dipinge sempre? Per colorare una vita altrimenti grigia?

Sorrido tra me: qualche volta lo faccio anch'io. **Fiori, colori e animali colorano d'arcobaleno gli angoli grigi della mia vita.**

Apro la porta della mia camera, entro e richiudo dietro di me.

Silenzio. Pace. Serenità.

Ancora non c'è nemmeno Carlotta, perciò ho campo libero. Una volta tanto posso starmene per conto mio, bighellonare, cambiarmi senza fretta. Forse posso persino truccarmi.

Ho persino finito i compiti per domani durante il recupero di oggi pomeriggio.

Uahu, che pacchia. Mi sento come un'orchidea in natura: con le radici aggrappate ai rami e ai tronchi degli alberi e libera di conquistare nuovi spazi.

L'orchidea è una pianta erbacea perenne in grado di assorbire sostanze nutritive dall'ambiente e dall'umidità presente nell'aria (autotrofia), e in grado di adattarsi a ogni genere di habitat, tranne deserti e ghiacciai. Vive prevalentemente sui tronchi o sulle rocce.

Capitolo 14

Piccola rana dal cuore di ghiaccio

"È venuto il tempo che il ranuncolo limpido rischiari l'erba folta e amara, fitta e stupita. Si schierano sulle prode le margherite; già l'usignolo s'ode." Questa poesia che s'intitola "Tra l'erba" è di Attilio Bertolucci, poeta italiano (1911-2000), padre dei registi Bernardo e Giuseppe. Mi domando: chissà se le rane amano i ranuncoli? E i ranuncoli, le rane? =)

Posso finalmente dedicarmi alla mia *Parodia magnifica*. È una delle mie amiche verdi preferite.

Ebbene, non ha sete, non soffre di mancanza di luce né di parassiti. Vive con me fin da quando ero bambina. È stata la prima pianta che mi sono fatta regalare dai miei e che ho curato con amicizia e con affetto.

In camera mia, *Parodia* ha il posto d'onore: se ne sta da sempre sul davanzale della finestra, con luce quanto basta e con una fetta di panorama del giardino. Il segreto per trattare bene le piante grasse è uno soltanto ma importante: non va cambiato il posto in cui sono **messe a dimora**, perché le succulente sono creaturine abitudinarie.

Rifletto: anche noi esseri umani abbiamo bisogno di un *luogo* fisso e confortevole che sia *casa*. Perciò tutti, in fondo, abbiamo le stesse necessità vitali, condividiamo lo stesso mondo e nonostante le apparenze siamo simili.

La Parodia magnifica "warasii" è una pianta succulenta delle cactacee. Originaria del Brasile, la Parodia magnifica ha un fusto globulare che, crescendo, diventa cilindrico. Il nome di genere deriva dal botanico argentino Raimundo Parodi, mentre quello di specie s'ispira a Eddie Waras, che scoprì la varietà.

CHE NOME, EH, PER UNA PIANTA GRASSA? È UNA... "PARODIA"!

Basta pensare al nostro sangue e alla linfa delle piante!

Tra noi, due sole differenze:

1. *Le piante non possono camminare, invece noi sì. Però si "spostano" grazie al vento che sposta i loro semi.*
2. *Le piante non possono comunicare tra loro con il linguaggio, come noi. Però a modo loro si fanno capire benissimo.*

Peccato che la mia cara amica verde non fiorisca… In teoria dovrebbe fare un fiore una volta l'anno, invece in pratica, non ha mai fiorito. Nemmeno una volta.

Carlotta incolpa me per le mancate fioriture, dicendo che la mia *Parodia* assomiglia alla sua padroncina come una goccia d'acqua. E dice che è vero anche il contrario, e cioè che **il mio cuore è spinoso come un cactus.** E si sa, i cactus fioriscono con tanta difficoltà.

È improprio chiamare "piante grasse" tutte quelle definibili, invece, correttamente succulente. Le piante succulente sono dotate di tessuti che sanno immagazzinare l'acqua, tessuti detti appunto "succulenti".

Questo pensiero m'intristisce tanto: lo maneggio e lo rimaneggio dentro di me come se fosse materiale esplosivo. Una… bomba.

Non voglio essere spinosa: *voglio fiorire sempre.*

Prendo il mio libro sul linguaggio dei fiori e mi allungo sul letto: forse scoprire il significato simbolico dei cactus mi aiuterà.

Cerco la pagina giusta. La trovo subito. Leggo la didascalia. Rimango senza parole:

Il cactus è una pianta adattata a vivere nei luoghi più impervi e difficili del pianeta. Perciò molti rivestono la pianta del cactus di significati forti, quali l'amore duraturo ma anche appassionato.

Amore duraturo? Appassionato?

Penso a Eden e al nostro rapporto. :/

Improvvisamente sono curiosa di sapere anche qualcosa

in più sui ranuncoli e sui fiori del pero. Segretamente spero di scoprire il perché del mazzo di fiori a sorpresa portatomi da torpedine. Ma non sono disposta ad ammetterlo, nemmeno con me stessa. Perciò sfoglio un po' a caso, leggiucchiando qua e là e ammirando le illustrazioni.

M'imbatto nello spazio dedicato al mughetto: ripenso al mazzo di mughetti bianchi e fiori di pesco che torpedine ha regalato a Carlotta. Salto la premessa, invece leggo attentamente la didascalia sul linguaggio dei fiori:

Il mughetto simboleggia il ritorno della felicità e della gioia.

A questo punto sfoglio freneticamente fino alla lettera "*p*". Che cosa riporterà il libro sul fiore di pesco che torpedine ha regalato alla sua fidanzata? Avida di informazioni, leggo:

Il fiore di pesco indica un fascino senza pari, irraggiungibile.

Impallidisco. Certo, avrei dovuto aspettarmelo: la bellezza di Carlotta è senza uguali, e l'amore che unisce lei a Marco è felicità allo stato puro.

Non c'è confronto, non c'è nemmeno possibilità di discussione. Il mazzo di fiori che lui le ha regalato parla chiaro.

Casualmente mi ritrovo nella pagina dedicata anche ai fiori del pero. Che sono fragili e belli. E che sono stati regalati a me. Leggo la didascalia:

AMICIZIA DUREVOLE E AFFETTO

Il fiore del pero è bianco e profumatissimo e simboleggia ***l'amicizia durevole e l'affetto****.*

Be', tutto torna. Dietro alla scelta di questi fiori non ci sono misteri né significati sospetti. Tutt'altro. Dunque il mazzo di fiori di torpedine è stato un'offerta di amicizia.

Solo questo.

Arrivata a questo punto della ricerca, individuo nell'indice del libro la pagina dedicata al ranuncolo: 188.

Peccato che mentre sfoglio, casualmente m'imbatto nientemeno che nella pagina sulla lattuga... *LA LATTUGA?* Pazzesco. Esiste anche una simbologia legata alla lattuga? Il mio libro non smette di stupirmi. E il linguaggio dei fiori anche di più.

Leggo attentamente anche questa pagina. Leggo, leggo e riassumo, finché finalmente arrivo al punto cruciale:

La lattuga (detta Lactuca sativa) è una verdura il cui significato, secondo il linguaggio dei fiori, è particolarmente severo. Infatti, la lattuga simboleggia la freddezza di cuore. Perciò è anche detta "cuore di ghiaccio".

L'effetto gelificante della lattuga, riportato dal libro, sembra avere un effetto immediato su di me, poiché un brivido gelido mi attraversa. *Brrrr...* Non è possibile! ***Cuore di ghiaccio?*** È allucinante. Ed è bruttissimo. Sicuramente torpedine non conosceva il significato di questa scelta floreale. Quale ragazzo le conosce? Neppure io che adoro i fiori ne ero informata. Devo convincermene.

E se invece non fosse così? Se fosse tutto voluto, scelto e valutato con attenzione?

MENTEPOPODIMENOCHE?

La Wolffia angusta è una delle piante più piccole al mondo. È acquatica ed è originaria dell'Asia. Misura da 0,4 a 0,8 millimetri.

Sbuffando come una caffettiera sul fuoco da troppo tempo, cerco la pagina sulla descrizione dei ranuncoli. La trovo. Leggo con sempre maggiore curiosità:

*Il Ranunculus, detto anche ranuncolo, etimologicamente significa "**piccola rana**". Si tratta di un fiore semplice ed elegante proveniente dall'Asia, che nel linguaggio dei fiori simboleggia **il fascino malinconico**.*

Rileggo per sicurezza... ***Per tutte le Wolffie della Terra!*** Invece è così! PICCOLA RANA?! *Noooo.*

L'Hydnora africana è una delle piante più brutte al mondo. È "dentata", color carne e puzza terribilmente. Si tratta di una pianta parassita che attacca le radici delle piante vicine. Vive nei deserti del sud dell'Africa.

Che cosa mi sta succedendo? Il tetto del mondo sta cadendo sopra di me? Arrabbiatissima, penso:

"E così avrei il cuore di ghiaccio e sarei una piccola rana, eh? E sarei malinconica e spenta! Stasera te la farò vedere io, *brutto esemplare di Hydnora africana parassita che non sei altro!*"

– Guai a te e anche a Carlotta! – esclamo. – Stasera vedrete...

Apro la mia anta dell'armadio: i soliti jeans, i leggings un po' sbiaditi e le tute stra-usate mi salutano stanchi e depressi. Sono appesi nell'armadio nelle stesse posizioni, a ricordarmi che sono mesi che non compro più niente di nuovo. Con i soldi delle paghette, preferisco comprare fiori, libri, semi, piante e colori. Mai vestiti, accessori o scarpe.

Tutte le mie compagne di scuola e le mie amiche hanno la fissa della moda, invece a me non importa nulla. Credo che i vestiti siano come carta da regalo e nastri: ciò che conta, però, è il regalo, e non com'è impacchettato. Perciò, evviva contenuto, abbasso contenitore.

La passione per il disegno è il mio segreto. Non voglio che mamma pensi che la imito. Né voglio essere giudicata da lei o messa a confronto. Mi dispiacerebbe.

Ripenso a Carlotta, al mio odiato soprannome, "*sgorbio viola*", e anche ai consigli ingenui ma sinceri di Eva e di Emma. Altro che magia della fata Smemorina. Con me, occorrerebbe una **rivoluzione del pensiero**. *Meom*.

E dire che per una volta avrei voglia anch'io di sentirmi diversa. Non più uno *sgorbio viola* spesso in disaccordo con il suo aspetto. Non una piccola rana dal cuore di ghiaccio. E nemmeno un cuore di cactus. Sono stanca di essere trattata da mia sorella maggiore con sufficienza e con superiorità.

Mi viene un'idea *salvasituazione*: nella sua anta ci sono leggings e abiti seminuovi che erano suoi ma che ormai sono diventati stretti e corti. Mia sorella è una *quasidonna* ormai, perciò non usa gli abiti di quando era ragazzina.

Ricordo che alcuni capi hanno i cartellini con il prezzo ancora attaccati.

Spalanco l'armadio: all'interno è un tripudio di colori, di tessuti differenti e di forme. Cappelli buffi, abiti stupendi, sciarpe lunghissime, guanti colorati e jeans griffati convivono felicemente. Non c'è che l'imbarazzo della scelta.

Per un po' tasto, osservo, tocco, cerco. È un'immersione nei colori. Finalmente noto un abitino blu con l'etichetta svolazzante. Il vestito è corto, di cotone leggero stampato a fiori, senza maniche. Fiorellini rosa, gialli e azzurri spuntano ovunque: il tessuto sembra quasi un prato primaverile. Vicino all'abito trovo un coprispalle rosa di filato in cotone. È bucherellato: dai buchini s'intravedono i fiorellini del tessuto. Per una volta, ho trovato qualcosa da indossare che è diverso dal mio stile consueto. Però mi piace tanto e lo sento adatto a me.

Indosso abito e coprispalle canticchiando. Mi accorgo che il coprispalle nasconde il tatuaggio che esibisco sempre con orgoglio. Però anche questo fa parte del cambiamento.

Sono ancora a piedi nudi: scelgo un paio di scarpe che sono nella mia scarpiera ma che ho messo pochissime volte. Sono ballerine di pelle nera.

Pettinando i miei capelli castani, noto che si sono allungati e che le punte sono arricciate più del solito. Li lego in una coda alta. Poi prendo il beauty-case d'emergenza di Carlotta. Lo apro e scelgo alcuni trucchi. Metto un velo di lucidalabbra rosato, un'ombra di fard sulle guance e passo e ripasso il rimmel sulle ciglia con il pennellino.

Mi specchio e mi spavento. Sembro un'altra. Anzi, no, *sono* un'altra. Ma non sono certa che quest'altra mi piaccia come la solita *me* di sempre.

La *me di sempre*? È un po' hippie, troppo colorata, molto spontanea e molto naturale.

La *me* nuova? È alla moda, ed è più "costruita", truccata, curata e in tinta perfetta.

Dalla finestra che dà sul giardino entrano le prime ombre della sera. Si allungano sul pavimento e sul soffitto, e creano strane figure.

Seguo i loro contorni. Ed è così che non mi sfuggono altre ombre, quelle proiettate sul muro: tre strani esseri stanno strisciando con la pancia aderente alla parete. Sono anelliformi, con i corpi verdi e neri, e macchiettati di arancione. Sono…

Per caso sono alieni?

– **BRUCHI!?** DI NUOVO BRUCHI? – esclamo, sbalordita. – Non è possibile.

Con lo stesso procedimento usato ieri, prendo la sedia e mi sollevo fino a loro. Offro ai tre ospiti il manico della spazzola che ho in mano. Due gradiscono molto e salgono senza farsi pregare, invece il terzo approfitta di un passaggio sulla mano.

Poi scendo dalla sedia, mi avvicino alla finestra, apro i vetri e, come in un film già visto, faccio posare i tre bruchi colorati sul ramo del leccio. Da lì intraprendono il loro misterioso viaggio.

– Dovrò parlarne con mamma – sussurro tra me. – Quattro bruchi nel giro di due giorni non sono più una semplice coincidenza, sono un enigma.

– EDERA! – urla papà dal piano di sotto. E mi richiama alla realtà.

– IVY! IVY! – strillano Eva ed Emma.

Sento che anche mamma mi sta chiamando. Perciò comprendo che Carlotta e torpedine sono arrivati. Il mio cuore va in caduta libera: controllo le sue pulsazioni con la mano, contando mentalmente. Riscontro circa centodieci battiti al minuto a riposo. Possibile?

Maledetta emotività! Mi chiedo se migliorerà crescendo… Lo spero.

Convinta io che non mi trucco mai? È l'apocalisse!

Lascio la mia camera. Richiudo la porta e scendo sotto: non ho più l'età in cui è permesso fuggire davanti ai problemi, alle incertezze o ai dubbi.

Mi faccio coraggio e respiro a fondo, pensando che la notte non è così lontana. Conterò i minuti. Conterò gli istanti. Conterò i respiri.

Il vecchio pendolo di casa rintocca stonato la mezzanotte. E così la notte è arrivata: desiderarla non era un'utopia.

In casa nostra, però, il silenzio è sceso da poco.

Sono ancora sveglissima. Lucida.

Con gli occhi e con i pensieri, inseguo le frasi, gli avvenimenti, gli sguardi, le parole non dette delle ore appena trascorse. Ricordo, rivedo, ripenso.

Carlotta russa lievemente, annientata dalla serata e dalle emozioni da lei causate. Nonna Esmeralda ripete spesso:

"Chi è causa del suo male pianga se stesso."

Però non mi pare che Carlotta stia piangendo. Forse i vecchi detti non sono così saggi e infallibili come dicono i nonni. O forse ci sono persone che non piangono mai. Boh, forse tra qualche mese, quando sarò ancora più grande, capirò. Pa' e ma' me lo promettono sempre.

Un tonfo secco mi fa saltare dal letto. Afferro il cellulare e, usandolo come torcia, vado a controllare.

Cammino a piedi scalzi e a passo felpato. Il mio pigiama bianco è divorato dal buio, e sembra grigiastro.

Nel corridoio è tutto a posto. Cerco la causa del rumore, aggirandomi per casa come un fantasma.

Per fortuna il tonfo era soltanto un librone di favole sui draghi e sulle principesse: è scivolato dal letto, in camera dei miei, ed è caduto per terra. Ora giace spalancato sulle fauci ancora più spalancate di un drago. A giudicare dal rumore, pesa quasi quanto un drago.

Entro in camera dei miei, raccolgo il librone e lo rimetto a posto nella libreria vicino al comò.

Zitta zitta, e quasi senza respirare, osservo questo spaccato notturno tenero e inconsueto della mia famiglia. Se potessi, immortalerei il momento dipingendolo. L'arte naïf sarebbe adatta.

Le gemelline dormono abbracciate come due cuccioli

di panda. Sono infilate nel lettone matrimoniale dei miei, perché tutte le sere nostra madre le fa addormentare leggendo loro una favola. Stasera, però, anche mamma è crollata addormentata a metà del racconto, perciò le gemelle sono rimaste lì. Papà si è rassegnato a condividere lo spazio esistente con tre delle sue donne. Se lo conosco, immagino che gli sia dispiaciuto spostare Emma ed Eva. Dormono così bene...

Guardandoli tutti e quattro e sentendoli respirare lievemente, mi ritengo fortunata, nonostante tutto. Tutto che, poi? Ebbene, ecco il "tutto", in grande confidenza:

1 *I miei* ***problemi di cuore*** *con Eden sono ancora inespressi, perché sono complicati da confessare e anche difficili da risolvere.* ***Se potessi, non vorrei confessarli nemmeno a me stessa, ma è complicato dirsi bugie***...

2 *Non so che cosa pensare di torpedine e della sua elettricità misteriosa e preoccupante. Lui mina le certezze che ho costruito faticosamente. Questa sera, per esempio, ci sono stati dei momenti in cui l'ho sentito spaventosamente vicino senza sapere perché e poi terribilmente lontano. Quando sembrava lontano, mi sentivo sola solissima. Ma perché? E dire che razionalmente mi sembra antipatico, pignolo, amante della propria opinione...*

3 *Sento la mancanza del mio Giò: lui manca a tutti noi. Carlotta a parte. Che nostalgia.*

4 *E poi non sopporto di avere un futuro nuovo cognato odioso, enigmatico, insostenibile e pure... pure troppo carino, ecco.*

5 *Questa sera mi sono chiesta molte volte se la "me nuova" abbia sortito qualche effetto, ma non ne sono sicura. Carlotta mi ha squadrato in silenzio, più volte. Ma non ha mai commentato. Forse per lei sono rimasta lo sgorbio viola di sempre?*

Secondo la scala Saffir-Simpson, gli uragani sono classificati dal primo grado, che è il meno pericoloso, al quinto, che è il più distruttivo e catastrofico.

Marco ha mostrato sbalordimento appena mi ha visto, ma poi… ***Zero assoluto!*** *Non ha reagito in nessun altro modo. Non sono l'unica ad avere un cuore di ghiaccio, a quanto pare.*

Come se non bastasse, lo riconosco: sono gelosa di mia sorella, perché lei è tutto quello che io non sono, e che non sarò mai. Lei ha anche tutto ciò che io non ho. E che non avrò mai.

6 *Carlotta e Marco hanno deciso di sposarsi davvero, per di più presto prestissimo. Perciò da domani la mia famiglia sarà investita da un uragano di quinto grado. La serata appena trascorsa è stata una prova generale: e cioè, una girandola vertiginosa di chiacchiere e di dubbi sui locali adatti, sulle damigelle d'onore, sugli abiti per gli sposi, sulle bomboniere, sulla casa per i piccioncini, e blablablabla…*
Figuriamoci come saranno i giorni che verranno! Aiutoo.

7 *Infine mi domando, e ce lo chiediamo tutti in fondo: ma che fretta c'era? Carlotta e Marco sono giovani e stanno insieme da pochissimo, perché anticipare i tempi? C'è qualcos'altro sotto?*

Il pendolo fa dodici rintocchi lunghi e uno breve. È mezzanotte e mezzo. Un raggio di luna attraversa la cortina del giardino, si specchia nel vetro della finestra, ignora le tende. Infine entra in casa e mi solletica il naso.

– Ho capito: rimando tutto a domani – sussurro, stupita per la piccola magia notturna, e me ne torno a letto. – Buonanotte, luna. Dolce notte, pendolo. *'Nottenotte*, famiglia.

Domani sarà un altro giorno. Chissà se baciato dal sole…

Chi non ha luce in viso mai potrà essere stella.

William Blake

Capitolo 15

Rapimento o fuga di massa?

"Un solo raggio di sole è sufficiente per spazzare via molte ombre" diceva San Francesco d'Assisi, nato nel 1182 e morto nel 1226. La sua figura è amata e conosciuta in tutto il mondo. E come si potrebbe non amarlo e non ammirarlo? Voglio credere che avesse ragione anche riguardo al raggio di sole. Be', allora, benvenuto raggio di sole!

Mi sveglio da sola, prima del solito. È ancora molto presto, però mi sento vispa e attiva come un grillo salterino.

Mi alzo dal letto con una gran voglia di fare colazione in pace senza dover correre a scuola trafelata e a stomaco semivuoto.

Prendo l'abito blu a fiori di ieri sera, slip bianchi, reggiseno nero, e le ballerine: metto tutto sottobraccio.

Come sempre, le mie pantofole sono in piena rivoluzione anarchica, perciò *chissàdove*. Rinuncio a cercarle e scendo a pianoterra a piedi nudi: mamma dorme ancora, perciò per una volta non se ne accorgerà e non si arrabbierà.

La serata di ieri deve averla annientata.

Avvolta da un silenzio meraviglioso e insolito, che mi ripara come una coperta, spalanco le persiane del salone. Poi vado in cucina: mi preparo il latte, riscaldo una brioche e mangio tutto avidamente.

Adesso il bagno grande è tutto e soltanto mio. Devo approfittarne.

Mi chiudo dentro con la consapevolezza di avere tempo di lavarmi, profumarmi e persino di leggere qualche pagina.

Perché non mi sveglio sempre così presto? Sarebbe fantastico.

Esco dopo un po': casa è ancora immersa in un silenzio irreale e favoloso che sta cominciando ad annoiarmi. Sbircio l'ora sul vecchio pendolo: be', in effetti, è ancora presto. È normale che tutti dormano. Il fatto è che non mi piace sentirmi sola: non sono abituata.

Manca più di un'ora all'arrivo del pulmino che porta le gemelle all'asilo e alla partenza di pa' e mia per raggiungere il Dante.

Sono vestita, ho già mangiato, ho preparato lo zaino, sono pettinata… Cos'altro posso fare?

D'un tratto mi viene un'idea: andrò a salutare il mio drappello di tartarughe corazzate. Non riesco a passare qualche minuto con loro da domenica mattina.

In frigo prendo lattuga, pomodori e carote di cui le tartarughe di terra sono golose, tagliuzzo tutto e lo porto con me.

Nel silenzio generale, giro la chiave nella toppa pian piano. *Peppe* reagisce tossicchiando e scricchiolando.

Esco nel sole del mattino. L'aria è dolce. Il profumo di primavera e di fiori stordisce.

So che Pigrizia, Fiore, Carciofo, Erbetta, Fulmine, Maciste, Gelsomina, Radicchio e Nerone sono già fuori a bighellonare in giardino, a contatto con fili d'erba e terriccio, a giocare con fiori e insetti e ad andare a caccia di chiocciole. Perciò mi dedico anch'io "alla caccia matta alle mie tarta".

Ho voglia del loro rude saluto e della loro presenza.

Il giardino è vivo come al solito ed è popolato di animaletti più svegli di me. Noto tre passeri e una cinciallegra che volano radente nel fogliame e due scoiattoli che si rincorrono sui rami litigando furiosamente. Tra i cespugli, c'è il gatto persiano spelacchiato che si era infilato in casa nostra domenica; è seguito dal merlo vecchiotto e malconcio. Delle mie tarta, invece, nemmeno l'ombra.

M'infilo tra i cespugli e le chiamo per nome, le cerco dietro casa e persino nel garage, ma niente da fare: Pigrizia, Fiore, Carciofo, Erbetta, Fulmine, Maciste, Gelsomina, Radicchio e Nerone non ci sono. E non ci sono nemmeno i consueti mucchietti di terra smossa che le tarta lasciano quando si svegliano né i rimasugli di cibo che restano in giardino dopo i loro "pranzetti vegetali". Anzi, addirittura ritrovo il trifoglio e il radicchio rosso, che mamma gli aveva portato ieri per pranzo. Sono sull'erba, intatti.

Di corsa rientro in casa: devo parlare con mamma e con papà. Se dormono ancora, li devo svegliare e chiedergli se ieri hanno visto le nostre tartarughe.

Rientro in casa: rumore di caffettiera che scoppietta e note e strofe che ma' canticchia. Per fortuna è sveglia. E si sta facendo un caffè.

– Buondì, Edera! – esclama quando mi vede rientrare dal giardino. – Oggi sei mattiniera.

– Ciao, ma'. Sì, mi sono svegliata prestissimo. Mi sono già lavata e ho fatto colazione.

– Brava, Ivy – mormora mamma, controllando la caffettiera. Solleva lo sguardo, nota il mio pallore. Chiede:

– Tutto bene?

– No. Sono un po' preoccupata.

– Non pensare al matrimonio di Carlotta – esclama lei, fraintendendo. – Tutto si risolverà. Con il tempo e con un po' di pazienza. Ieri sera abbiamo superato il primo round.

– Non è per Carlotta: lei non c'entra. Per caso ieri hai visto Pigrizia, Fiore, Carciofo, Erbetta, Fulmine, Maciste, Gelsomina, Radicchio, Nerone?

– Ieri? Le tarta? – domanda, pensierosa. – No, francamente, no. Perché?

– Non le trovo più – esclamo, con tono lamentoso.

– Saranno sottoterra! Sono tartarughe.

– A quest'ora sarebbero già fuori. Le ho cercate ovunque: non sono in giardino, ma', e non sono altrove – mormoro, con voce inevitabilmente strozzata. – Non ci sono i segni soliti della loro presenza.

– Perciò?

– Perciò, ci sono due sole possibilità: la prima, più probabile, è quella di una fuga di massa.

– Ma dai! Dove vuoi che siano fuggite?

– Ah, lo sapessi.

– E la seconda?

– Terrificante e incredibile: un rapimento.

– CHE? Ma chi vuoi che le abbia rapite?

– Non ne ho idea, ma sono in ansia.

– Un rapimento è un'ipotesi impossibile.

– Speriamo.

– Tu preoccupati della scuola; alle tarta pensiamo noi. Pa' e io – esclama. – Promettimelo!

Lei mi fa un buffetto sulla guancia, come quando ero piccola. Aggiunge:

– Più tardi le cercherò meglio o chiederò ai vicini. Forse sono tutte e nove in avanscoperta in qualche giardino qua vicino.

– D'accordo, mamma. Grazie – le dico, seria seria. Intanto invece penso:

"Quanto vorrei darle un bacino o riceverlo da lei!"

Però mi sembra una cosa da piccoli, perciò mi trattengo. Rimango, impalata, rigida e distante come vedo fare da loro… i grandi.

– Dai, andiamo a svegliare papà! – esclama lei, ignara dei miei terremoti emotivi. – E poi, tutti a scuola e al lavoro.

La mattinata si trascina faticosamente: sono interrogata in geografia, evito per un soffio un brutto voto in mate, mi busco un rimprovero in greco (tanto per cambiare), scopro di avere preso nove meno nella versione di latino, dribblo una verifica in inglese per puro caso. Ah, la vita, che ***scorpacciata*** di avventure e disavventure!

Mi marca stretto!

Per di più, per tutta la mattina subisco il consueto interrogatorio implacabile di Venus: l'oggetto? Ieri sera e le ultime novità. La mia amica del cuore vuole sapere i come. Vuole conoscere i quando. E vuole essere informata dei perché.

Δεν έχετε μελετήσει!

Come lei, mi marcano stretto anche Diletta, Marzia, Minni e Arianna.

Rimprovero in greco :)

Lucrezia e Alba, come d'abitudine, spiano, sbirciano e malignano. La mia impressione è che in IV D non si parli d'altro che del matrimonio di Carlotta con un tizio conosciuto due mesi fa. Possibile che il mondo abbia smesso di

AH, LA VITA, CHE SCORPACCIATA DI AVVENTURE E DISAVVENTURE!

girare? E che tutti siano concentrati soltanto su mia sorella e sul suo fidanzato?

Ha ragione nonna Esmeralda:

Quando una giornata comincia male, finisce peggio. ☹

La campanella dell'ultima ora mi salva dagli assalti ripetuti delle mie compagne di classe, dalle loro domande, e anche dai cattivi pensieri. Ma non mi salva da una sorpresa pazzesca. Mentre scendo i gradini che mi allontanano dal portone e dal liceo, davanti a me vedo l'inverosimile…

– **CARLOTTA!** – grido, paralizzata dallo sbalordimento.

Non esagero affermando che l'intera piazza, che circonda da ogni lato il Dante, e quelli che ci stazionano, emettono un "*Oh! Oh!*" stupefatto. *Ci-stanno-guardando-tutti*. Perlomeno questa è la mia impressione.

– Ciao, Ivy – mormora mia sorella. Mi fa un cenno indeciso di "ciao".

– CHE CI FAI TU QUI? – esclamo, sbalordita. Da che sono nata, è la prima volta che lei viene a prendermi a scuola.

Tra le nebbie dell'incredulità, focalizzo anche torpedine. Più carino del solito. Più odioso del consueto. Silenzioso, enigmatico e misterioso, mi squadra dalla testa ai piedi, come ha fatto anche ieri sera. E mi regala la solita scossa da sedia elettrica. Che problema! Quando diventerà formalmente mio cognato, dovrò trovare la maniera di diventare immune ai suoi sguardi e alle sue subdole scariche di elettricità.

Dopo qualche doloroso e consapevole istante, finalmente torpedine stacca lo sguardo da me. Respiro di nuovo.

Anche oggi indosso l'abitino effetto-prato con fiori colorati: gli sarà piaciuto o no. *Mapoichisenefrega*.

Se potessi, strillerei e sbufferei e urlerei fino alla fine dei giorni, per la rabbia e per l'impotenza. Sarò costretta a stare così male per tutta la vita?

– Ci ha mandato mamma a prenderti per riportarti a casa – mi riferisce mia sorella, pacata.

Registro ogni singola parola. All'inizio, non capisco che cosa intenda. Poi, però…

– Perché? Cos'è successo? – chiedo. La salivazione sparisce e non deglutisco più.

Torpedine mi sorride, comprensivo.

– E se te lo spiegassimo lungo la strada? Non sarebbe meglio? – mormora, guardandosi intorno. – Qua c'è troppa gente.

Ammutolisco, perché è quello che penso anch'io: qua c'è troppa gente. Troppa curiosità. E poca riservatezza.

Li seguo semi-ipnotizzata e anestetizzata dall'incredulità.

Saliamo nell'auto di torpedine: è piccola, colorata, pulita e ordinatissima.

Lui accende, accelera e in silenzio si allontana dalla piazza dov'è il liceo Dante.

– Che cosa sta succedendo? Potete dirmelo? Per favore!

– Be', sta per arrivare un temporale – mormora Carlotta. Ha persino il coraggio di guardare le nuvole nere che ci sovrastano e di indicare i mulinelli di vento che trascinano e fanno vorticare pezzetti di carta, polvere e petali di fiori.

La fisso, basita. In confidenza, penso che la strozzerei. Giuro che la strozzerei volentieri. Invece mi limito a dirle:

– Il temporale lo vedo, ma la questione è un'altra: perché sei qui? Quanto devo preoccuparmi?

– Non spaventarti, Edera: tutto si aggiusterà – mi risponde sibillina.

Ecco: ora le sue parole mi fanno preoccupare. Sono terrificanti, perché nascondono un universo di possibilità.

Esclamo:

– Non sono più una bambina. La verità mi fa male, non paura.

– Le tarta sono sparite.

– Lo sapevo – mormoro, sconsolata, – sono state rapite.

– Che ipotesi assurda! – esclama lei, con il sopracciglio sollevato al cielo. – Mamma mi ha accennato alla tua supposizione del rapimento: è-in-ve-ro-si-mi-le.

Scandisce le sillabe alla perfezione. Mi fa dannare con quest'aria di superiorità.

Pur di non vederla, osservo dal finestrino i palazzi, le case, i negozi, le strade e gli incroci che si susseguono ininterrottamente. Il percorso è quello che faccio tutti i giorni con l'autobus di linea, al ritorno; però oggi è accelerato nei tempi. Stiamo tornando a casa. E sta per piovere, anzi, forse per diluviare.

Sospiro. E le chiedo:

– Perché inverosimile?

– Sono soltanto nove tartarughe, mica persone! Chi si scomoderebbe a rapire nove rettili? – esclama scandalizzata. – Sei esagerata. Ridicola. Visionaria.

– Per te, saranno "*soltanto*" tartarughe, per me, invece, sono membri della famiglia.

Lei non mi risponde: sbircia verso torpedine, con un'espressione sardonica sul viso, già pronta a lanciargli uno sguardo d'intesa. Ma lui che sta guidando non si volta, non la guarda, non parteggia.

– Avere otto anni più di me non ti dà il diritto di credere di possedere la verità assoluta su tutto – mormoro desolata.

– Be', otto anni non sono un giorno. A ventidue si è grandi, adulti, invece a quattordici si è ragazzini. Comunque, lasciamo stare: non è il momento di litigare.

– Non lo è mai – sussurra Marco. – Litigare avvelena.

Mi chiedo: che torpedine sia anche saggio? Speriamo di no. Non può farmi questo. Cerco di trovargli dei difetti con costanza. Mirare ai difetti aiuta a non innamorarsi. L'ho intuito con la forza della disperazione.

Aggiungo:

– So che le tartarughe *Hermanni hermanni* sono protette dalle legislazioni di molti paesi, perché sono rare e preziose, dunque anche costose. Per questo temo che siano state rapite.

Ora mia sorella ride sarcastica e cerca con lo sguardo l'approvazione del suo fidanzato, che invece osserva me dallo specchietto retrovisore. E mi dice:

– È vero ciò che dici a proposito del valore economico delle *Hermanni hermanni*, però parlerei di furto, non di rapimento.

– Furto? Quale furto? Le mie tarta non sono oggetti – esclamo. E distolgo lo sguardo: non sopporto i suoi occhi nemmeno attraverso il filtro dello specchietto retrovisore.

Troppo troppo troppo...

Carlotta continua a ridacchiare. Le sue sopracciglia parlano per lei e arrivano quasi al tettuccio dell'auto. Raccontano tutto il suo disappunto. Poi esclama:

– Per colpa delle tue fissazioni per tartarughe, piante, fiori e look, stai diventando una ridicola hippie. Datti una regolata, Edera. È ora di finirla.

TORPEDINE SAGGIO?! O.o

Che insolente. Faccio finta di non sentirla: non m'importa che cosa pensa, m'interessa soltanto ritrovare le mie tarta.

– Certo che non sono oggetti – mi spiega torpedine, ignorando le battute della sua ragazza. – Il reato cui mi riferisco si chiama "*furto venatorio*" e riguarda proprio la sottrazione per profitto di specie animali o vegetali protette.

– Perciò mi credi? – gli chiedo. – Non pensi che io sia esagerata visionaria ridicola?

– La tua ipotesi è un'eventualità. Remota ma possibile. E non voglio aggiungere altro: non mi schiererò.

Carlotta sbalordisce. Non riesce a replicare.

– E allora? Adesso che si fa? – domando.

– La signora Annalisa ci ha detto di riportarti a casa – risponde Marco. – Noi eseguiamo. Poi si vedrà.

– Chiameremo i carabinieri o i poliziotti? – chiedo, speranzosa.

– Né carabinieri né polizia hanno competenza in faccende del genere. La competenza è dei Nuclei Operativi CITES presenti nel territorio.

– Allora ci rivolgeremo a loro, vero?

Mi ricordo che quando ci siamo scontrati al parco, torpedine mi aveva accennato qualcosa riguardo al Cites e al corpo forestale, ma non ricordo bene cosa. Però so che è laureato in Scienze Ambientali.

Nessuno dei due mi risponde: torpedine rallenta e digita sui comandi touch dell'auto per selezionare il CD. La musica si diffonde nell'abitacolo. Carlotta controlla lo stato del trucco e si passa il rossetto guardando scrupolosamente nello specchietto della sua borsetta all'*ultimo grido*. Poi passa in rassegna lo smalto.

Che cosa avrà da gridare? Si è mai sentita una borsa gridare?!

Per caso all'improvviso sono diventata invisibile?

Il mio cellulare interrompe quel silenzio imbarazzante. Lo prendo e leggo il display: è Venus. Accetto la chiamata e le spiego tutto in poche, giornalistiche parole.

Venus, che quando occorre, è perspicace e furba, comprende che non sono sola, che sono ancora con i due *piccioncininodoredinozze*. Perciò mi liquida subito dopo la mia promessa di farmi viva appena possibile. Ne approfitto per scrivere un sms a Eddy:

SOS. Brutte novità! Tarla rapite! Tutte!
Sn tornata a casa con Carlotta&M. Apn puoi, vieni?
Ho bisogno di te! Ivy

piccioncininodoredinozze

Capitolo 16

Pasticcio di bianco, di nuvole e di pioggia

"Il futuro influenza il presente tanto quanto il passato" scrisse Friedrich Nietzsche, che è stato tra i massimi filosofi di tutti i tempi, nonché poeta e saggista tedesco. Nacque nel 1844 e morì nel 1900, eppure i suoi scritti sono ancora "vivi", e sono studiati con lo stesso trasporto. Rifletto: se anche il futuro è capace di influenzare il presente, "stiamo freschi"... Come si risolve la faccenda?

Arriviamo in via degli Orti.

Casa mi sembra diversa: stranamente triste e silenziosa. Forse è colpa dell'assenza di Pigrizia e delle altre? O forse è perché sono in compagnia di Carlotta e di Marco?

Mi sento fuori luogo e fuori orario.

È ora di pranzo. La strada è deserta, però i parcheggi sono tutti occupati. C'è soltanto un piccolo spazio in un angolo troppo angusto.

Come faceva anche con Giorgio, Carlotta indica lo spazio a Marco e dirige le sue manovre di parcheggio con il piglio di un generale severo ma poco preparato. A differenza di Giò, però, lui non sembra gradire. Lo capisco dal nervosismo con cui parcheggia zigzagando e indietreggiando. Il suo viso è contratto: lo scorgo dallo specchietto.

D'un tratto noto anche l'auto di Giorgio: è incolonnata nel parcheggio a spina di pesce. Non posso non dirlo a Carlotta: devo avvisarla. Sfioro la sua spalla: lei si volta verso di me. Senza parlare, le indico l'auto mentre torpedine completa la manovra di parcheggio. Lei sbianca.

Usciamo dall'auto mentre un nuvolone di polvere ci avviluppa a sorpresa. Raddrizzo lo zaino di scuola che tengo a tracolla. Ci avviamo verso casa, al numero civico 136. Il nostro.

D'improvviso ricordo… Rivedo quel furgone sconosciuto che era parcheggiato ieri davanti casa mia, con lo sportello ancora aperto. Mi appaiono le lettere e i numeri della targa, che danzano davanti ai miei occhi: formano due composizioni nette come ballerine nere. Ripasso mentalmente il comportamento dell'autista, che è stato strano e misterioso. Per di più, dopo la sosta non ci sono state consegne né chiamate né richieste.

Brividi e vertigini mi spingono a credere fermamente in questa intuizione improvvisa. Mi blocco, paralizzata dall'idea giusta…

Ora so chi ha rapito le mie tarta.

Rimango immobile, silenziosa, mentre il polverone si dirada. Il vento solleva gli ultimi mulinelli di polvere.

Mia sorella e Marco si voltano. Mi guardano.

– Che c'è Edera? – domanda Carlotta.

– So chi ha rapito le mie tarta – dico con fermezza. – Ne sono certa.

Nemmeno a farlo apposta un tuono accompagna le mie parole: molto coreografico.

Marco mi osserva, attento.

– Ci risiamo! – esclama lei. E sbuffa e sbatte le braccia senza grazia. Poi, però vede Giorgio diritto e fermo davanti a *Peppe*. Giò accenna un saluto con la mano. E ci lancia un sorriso stentato.

Rispondo al suo saluto con le braccia sollevate. Che bello rivederlo. Ma che strano.

Stavolta è Carlotta a immobilizzarsi, con le braccia ancora a mezz'aria. Anche Marco nota Giorgio e fa cenno a Carlotta di raggiungerlo in casa. Poi torna indietro sui suoi passi e mi si avvicina.

– Sei sicura, Edera?

Sbalordisco: è la prima volta che si rivolge a me chiamandomi per nome. Che impressione strana. L'ha pronunciato come se ogni lettera bruciasse: meno male che sono soltanto cinque letterine semplici e innocue.

– Sì, ma non ho le prove – mormoro. Lo guardo negli occhi color *autunno maledettamente bello*. Gli spiego tutto in breve.

– Andiamo a casa dei tuoi: mangiamo qualcosa e poi ci organizziamo per ritrovarle.

– Allora tu mi credi? Credi che siano state... rubate? – gli chiedo.

Sento delle gocce d'acqua scivolare sul mio viso. Eppure non sto piangendo. Che cosa succede?

– Credo al tuo grande affetto per loro, e mi basta. Dai, entriamo in casa. Non vedi che diluvia?

Mi stacco dai suoi occhi e dalla sua voce, e finalmente mi accorgo che sta piovendo forte. Grondo acqua come una vecchia grondaia bucherellata. I vestiti mi si sono appiccicati addosso come una seconda pelle. I capelli sono fradici e incollati alla testa. Com'è possibile che non me ne sia accorta prima?

Temo di essere orribile.

Corriamo in giardino, percorriamo il vialetto ghiaioso e ci infiliamo in casa.

Profumo di pranzo pronto, e silenzio.

– Ciao, mamma! – esclamo entrando. A ogni passo lascio una scia fangosa sul pavimento. Marco fa lo stesso. Due grosse chiocciole striscianti.

Con gli occhi cerco mia sorella e Giorgio, ma non vedo nessuno.

– Ehilà! – esclamo.

– Siamo qui – mi dice mia sorella dalla cucina.

Finalmente li intravedo: stanno parlando in un angolo. Giò ha un'espressione addolorata, invece Carlotta sembra tranquilla, persino gongolante.

– Ciao, Ivy. Ciao, Marco, bentornato – risponde anche la voce di mamma dallo studiolo.

– Buongiorno, signora Annalisa! – esclama Marco.

– Siamo arrivati – aggiungo, – gocciolanti e grondanti, ma ci siamo.

Intanto mi guardo intorno: casa è tornata quella di sempre. Colori, giochi delle gemelle e libri sono ovunque: è come se, nonostante i nostri sforzi, ci fosse una strana forza gravitazionale che attrae il caos e che lo trattiene irreparabilmente. E il caos fa vorticare tutto in maniera stabile ma concentrica.

Nel consueto panorama da fine del mondo, c'è un elemento di novità: sul divano rosso spicca un voluminoso pacco regalo. È bianco ed è ancora sigillato con un nastro altrettanto candido. Che cosa sarà? E di chi?

Mamma ci raggiunge. Ci guarda: sembriamo due ragazzi travestiti da torrenti.

– Visto quanto piove? – le chiedo con ironia.

– Vedo, vedo; sembrate due cascate.

– Già – mormora torpedine.

Lei corre nel bagno grande a prenderci degli asciugamani grandi e puliti. Ce li porge con un sorriso più grande degli asciugamani.

Stavolta le prove del lavoro svolto nella mattinata sono tutte sul suo viso e sui capelli: macchie rosse, arancioni e verdi spiccano impertinenti. Ma' ha persino una matitona multicolore dietro l'orecchio.

– E tu sembri un arcobaleno – sussurro.

Lei mi sorride e mi fa un buffetto sulla guancia. Poi…

– Non temere, Ivy, le ritroveremo. Tutte e nove.

– Papà è in banca, vero? Ed Emma ed Eva? Sono ancora a scuola? – chiedo. Sento la mancanza del loro abbraccio rumoroso e goffo ma tanto consolatorio.

Ma' e io: due cuori ma un'anima sola!

– Certo. Le due piccole pesti non sanno niente delle tarta. Forse è meglio che non siano informate, almeno finché non sapremo qualcosa di più.

– È giusto – mormoro.

– Edera ha una traccia – riferisce Marco ad alta voce. – Poiché è l'unica pista che abbiamo, credo che convenga seguirla.

– E come? Quando? – chiede mamma.

– Se le supposizioni di Edera sono corrette, potrebbe trattarsi di una sottrazione di animali protetti da parte di un gruppo organizzato. Perciò converrà agire subito dopo aver pranzato. Ogni ora che passa, ci allontana di più da loro.

– Tu collabori con il Corpo Forestale dello Stato, vero, Marco?

– Sì, signora.

– Dunque, sai come vanno queste cose.

– Sì, purtroppo sì.

Rimango in silenzio. Nella mia mente affiorano le immagini del giardino allegramente messo a soqquadro dalle nostre nove corazzate speciali. Con una fitta dolorosa penso a come sarebbero il giardino e la vita senza Pigrizia e le altre.

Colite conclamata, immagino.

Carlotta ci raggiunge nel salone, seguita a ruota da Giorgio. Lui ha un'espressione mogia e imbarazzata. Si avvicina al divano e indica il pacco bianco. Poi mormora:

– Questo è per te.

– Per me? – esclama lei, sbalordita. – E perché?

– È una cosa che avevo desiderato, scelto e comprato prima che… prima di… Insomma, un po' di giorni fa. Perdonami se te l'ho portato lo stesso, nonostante tutto.

– Che intendi? – chiede Carlotta. Ora la sua voce tradisce incertezza. Finalmente non inalbera più quell'aria saccente che non sopporto.

– Lo capirai quando lo aprirai. Ero combattuto: forse avrei dovuto riconsegnarlo al negozio, ma non ce l'ho fatta. Significava troppo per me. E pure per te. Potrai capirmi, Carlotta? L'ho fatto per amore.

A quelle parole, sento dentro di me un vulcano attivo. Divento purpurea. Mi chiedo quanta forza d'urto abbia l'amore. Quanta energia inespressa.

Lei avvampa. Raggiunge il divano rosso e osserva il pacco abbagliante, ferma a distanza.

Intanto guardo gli occhi di Giò. Poi la sua faccia. Mi pare di leggere in profondità, nella sua anima. Perciò mi lascio cadere sulla prima sedia che trovo, perché le mie gambe tremolano come fiammelle di candela al vento.

Quello che ho appena letto nel suo viso non mi piace. Temo che ci aspetti qualche altra rivelazione. Mi rassegno in pochi istanti all'inevitabile disastro non annunciato: è la moda degli ultimi giorni.

Anche mamma si "abbandona" sulla sedia vicino alla mia.

Marco si accomoda su una poltrona di fronte al divano. Viso imperscrutabile, corpo immobile. Pare di pietra.

In cucina sento scoppiettare qualcosa in pentola. Spero che sia soltanto l'acqua che bolle, altrimenti il pranzo si brucerà di nuovo.

– Devo aiutarti Carlotta? – si offre Marco.

– È soltanto un regalo – mormora lei. Ma non si decide. Si siede di fianco al pacco.

– No. Non è soltanto un regalo – sussurra Giorgio. – Lì dentro ci sono tutti i nostri sogni. Li cedo a te e ti auguro di farne buon uso, poiché i nostri sogni sono diventati solo tuoi.

Rabbrividisco. Vorrei chiudere occhi e orecchie, come fanno i bambini, ma non posso. Chissà lei?

Be', Carlotta sfila il nastro e strappa la carta. Spunta fuori una scatola bianca, elegante e rettangolare. Lei solleva il coperchio lucido: guarda, sfiora con le mani un tessuto candido e prezioso. Impallidisce come il calice di una calla alla luna. Poi scappa via dal salone. Sale le scale di corsa, piangendo disperata. Infine si chiude in camera.

Giorgio è visibilmente emozionato.

Lì dentro ci sono tutti i nostri sogni

Allora mia madre si alza e controlla il contenuto della scatola. Esclama:

– Da quando in qua si regala all'ex fidanzata che sta per sposarsi con un altro un abito da sposa? Non trovi che sia crudele, Giorgio?

– No, se l'abito è stato comprato dopo tanti risparmi e altrettanti progetti, Annalisa – spiega lui. – Questo vestito era il suo sogno segreto: lo desiderava da un anno. L'ho comprato per farle una sorpresa, senza immaginare quello che sarebbe successo. Più crudele sarebbe ridarlo indietro! E comunque Carlotta potrà indossarlo lo stesso, anche se sarà qualcun altro ad accompagnarla all'altare.

Giò si avvicina a me, e mi dice:

– Se mi vuoi bene davvero, Ivy, fai capire a tua sorella che il motivo del mio regalo è perché l'amo profondamente. L'amerò per sempre. Nonostante tutto.

Giò si rivolge anche a torpedine e gli dice:

– Scusami, Marco. Non ce l'ho con te né con nessuno; semmai forse con me stesso. Spiegalo a Carlotta, mi raccomando. In bocca al lupo per le tartarughe, e per tutto. Buon pomeriggio.

Mentre Giorgio esce da casa con gli occhi più bagnati dei vetri del salone, la puzza di bruciato conquista la casa: *ohi, ohi,* il pranzo è saltato. Di nuovo.

Occhi lucidi e voce malferma per le ultime emozioni, mamma comprende al volo, e ci chiede:

– Vanno bene toast e sottilette, ragazzi?

Marco e io annuiamo, muti. Tanto, chi mangerà oggi?

L'appetito ha seguito come un'ombra Giò e Carlotta. Ed è sparito con loro.

Per fortuna il citofono emette il consueto cicalino stonato. Vado a rispondere: è Eden.

Afferro il primo ombrello che mi capita a tiro, ed esco da casa in fretta, sotto la pioggia battente. Raggiungo Eden al cancello: devo spiegargli molte cose. Ed è meglio farlo fuori di casa.

Anche l'appetito di Eddy sparisce una volta che gli ho raccontato tutto, mentre tuoni, fulmini e scrosci di pioggia da paura ci fanno compagnia.

Tra le novità sulle tartarughe e su Giorgio, c'è poco da annoiarsi. È tutto inverosimile.

Quando rientriamo, mangiucchiamo qualche toast freddo. Finché…

– Che ne dici, Edera? Vogliamo andare? – mi chiede a un tratto torpedine.

– Pronta prontissima.

Eden ci guarda confuso.

– Marco ha intenzione di aiutarmi a cercare le tarta – riferisco a Eddy. – La faccenda è urgente.

– Be', contate pure su di me. Farò parte della squadra.

Lo abbraccio, contenta. Lui mi stritola, ancora più felice, e mi bacia sui capelli. Intravedo una reazione misteriosa di Marco: ci osserva per qualche secondo, poi volge lo sguardo altrove.

– Ragazzi, sta diluviando – mormora mamma. – Aspettate un po'.

Marco si avvicina alla vetrata e sbircia fuori: cielo plumbeo, nuvole compatte come soldati, vento impetuoso. Mormora:

– Durerà tutto il pomeriggio. Rassegniamoci. Non possiamo permetterci di aspettare.

Allora mamma ringrazia Eden e Marco per l'aiuto. E sospira.

– Andiamo? – domando ai miei *cavalieri improvvisati*. Indosso un giubbino impermeabile e un buffo berretto spiovente. Eden e Marco si coprono più che possono. Poi usciamo da casa, sbattendo sonoramente il povero *Peppe*.

Capitolo 17

Ma la fortuna aiuta gli audaci?

"Se vuoi trovare l'arcobaleno devi sopportare la pioggia": ne è convinta Dolly Parton (1946), cantautrice, attrice e musicista statunitense, celebre per le sue canzoni country. Per ora la pioggia c'è ed è copiosa... Chissà, potrei trovare un arcobaleno pazzesco oppure altra pioggia. Forse è vero che chi sopporterà vedrà?

– Sarà meglio dividerci – consiglia Marco, parlando a stento sotto la pioggia scrosciante e i tuoni. – Andrò subito con la mia auto all'ufficio del Corpo Forestale più vicino per segnalare la cosa.

– E noi? – chiedo, agitata.

– Quando a capo di furti di questo tipo ci sono organizzazioni di grandi dimensioni, una delle prime cose da fare è controllare aeroporti e stazioni – risponde Marco. – Potreste andarci voi.

– E poi? – gli chiedo, smarrita.

– Parlerete con il servizio di controllo, con le hostess di terra e con gli organi di sicurezza. Tra un po' confronteremo dati e situazione, e decideremo il da farsi.

– Pronti, capo! – esclama Eddy, mimando un saluto militare.

Sorridiamo tutti.

Eden si dirige allo scooter. Marco lo vede, e…

– Sei con lo scooter?

Eden annuisce e fa spallucce. Marco guarda me: devo sembrargli un uccelletto spaurito, perché aggiunge:

– Impossibile: diluvia! Edera verrà con me. Siete d'accordo?

Non rispondo: se potessi, urlerei che non è possibile, che preferisco mille volte bagnarmi.

– Sì, certo. È molto meglio così – risponde il mio ragazzo, lanciandomi un bacio, – tanto ci terremo in contatto con i cellulari.

Saluto Eden con un sorriso triste. E salgo nell'auto di torpedine con il cuore in tumulto e con l'ansia a mille.

In breve ci ritroviamo nell'ufficio del Corpo Forestale: passiamo buona parte del tempo a dimostrare che le tartarughe erano mie e che erano regolari. Il tempo restante lo passo a compilare documenti e questionari, ad ascoltare telefonate formali e a rispondere a domande inutili, finché sbotto:

– Siamo ancora qui a non far nulla mentre le mie tartarughe sono *chissàdove e chissàconchi!*

– Signorina, si calmi – mi risponde l'addetto senza scomporsi. – Se vuole intervenire, raggiunga il suo fidanzato all'aeroporto o alla stazione. Forse lui le garantirà brividi e azione.

– *Oh!* Finalmente una buona idea! Marco, andiamo?

– D'accordo – acconsente lui. Poi rivolto all'addetto: – Le lascio i nostri cellulari. Per favore, ci tenga informati sulle novità, se ci saranno.

Sotto un autentico diluvio, ci infiliamo di nuovo in auto. Direzione: aeroporto.

Chiamo Eden al cellulare ma lui non risponde. Chissà dove sarà...

LE MIE TARTARUGHE SONO CHISSÀDOVE E CHISSÀCONCHI!

Lasciamo l'auto nel parcheggio dell'aeroporto. In lontananza, noto un furgone fermo in sosta. Assomiglia dannatamente a quello che era davanti casa mia, ma l'acquazzone non ci permette di andare a controllare. Entriamo.

Luci al neon, valigie a non finire e tanta gente più bagnata di noi ci accolgono: l'aeroporto della nostra città è ben organizzato, ma anche molto trafficato.

Cominciamo a cercare Eden dappertutto, perché non risponde alle mie chiamate, ma l'aeroporto è grande e sembrano tutti indaffarati. Le hostess di terra sono inarrivabili. Dopo un po', una di loro si avvicina e ci dice:

– Avete bisogno di aiuto, ragazzi? Vi vedo persi.

– Abbiamo bisogno di *tanto tanto* aiuto, e di un po' di fortuna – confesso. – La prego!

– Non occorre pregare. Sono qui anche per voi. È il mio lavoro, e mi piace – mi risponde.

– Cerchiamo un ragazzo, un nostro amico...

– Non so se si tratta della stessa persona che cercate, ma so che poco fa un ragazzo, in aeroporto, si è comportato da eroe, fermando appena in tempo dei pacchi sospetti che stavano per essere imbarcati.

– Che cosa c'era nei pacchi? – chiedo, col batticuore.

– Mi dispiace ma non ne ho idea.

– Grazie lo stesso, è stata gentilissima, signora Stefania. Sento che ci porterà fortuna – le dico, leggendo nome e cognome nel pass che ha sulla divisa. – Dove potremmo cercarlo?

– Recatevi al nastro trasportatore, hangar nove, settore B. So che poco fa erano tutti là – ci dice e ci dà una piantina dell'aeroporto.

La ringraziamo di nuovo e corriamo laggiù.

A un certo punto, mi ritrovo invischiata in un mare di viaggiatori che si sta imbarcando per il Giappone. Mi trascinano involontariamente verso il ponte dell'imbarco. Non fosse per Marco che mi afferra per la mano e che mi strappa alla calca, sarei coinvolta e tirata via.

Me la tiene stretta ancora mentre ci dirigiamo verso l'ufficio della polizia di frontiera. Parliamo con un graduato che viene con noi all'hangar nove.

Non so cosa provare né cosa pensare. Intorno a noi due è tutto indefinito e sfocato.

Continua a tenere ben stretta la mia mano anche quando finalmente intravedo Eden e lui scorge noi. Lo raggiungiamo. È circondato da uomini in divisa, da qualche hostess, da una giornalista e da curiosi.

A quel punto lascio Marco e corro da Eddy. Lo tempesto di domande:

– Eden, come stai? Tutto bene? Com'è andata? È vero che hai trovato qualcosa d'importante? È vero che hai trovato le tarta?

Lui sorride.

– IVY! Tesoro! – esclama e mi abbraccia a stritolamento.

La giornalista ci fa alcune domande e persino delle foto.

Poi finalmente Eden mi risponde a raffica:

– Tutto bene, stai tranquilla. Sì! Colpo di fortuna: le ho ritrovate.

– Altro che fortuna! La tua è stata bravura e prontezza – esclama un militare vicino a me.

– Lasciamo stare – dice Eden e si schermisce, con il solito modo di fare. – Comunque le tarta sono sane e salve, tutte e nove. Ed è merito anche tuo, Ivy.

– Ah, sì? – domando. – E perché?

– Ho trovato il furgone grazie alle tue indicazioni. Ho notato una targa con un nome di donna e mi sono ricordato di quello che mi avevi detto.

Una hostess aggiunge, con sussiego:

– Deve essere fiera del suo ragazzo! Ha bloccato un intero convoglio di poveri animali sottratti a proprietari e a negozianti. Sarebbero stati venduti chissà dove e chissà in quali condizioni.

– Grazie al suo ragazzo – mi spiega gentilmente un poliziotto, – abbiamo sventato un'organizzazione a rete cui davamo la caccia da anni. Un evento.

– Yuppi! – grido. Sono fuori di me per il sollievo e per la gioia.

Eden mi sorride apertamente. Gli altri applaudono.

– Dove sono le mie tarta, dove sono? – chiedo subito dopo.

– Venite con me, seguitemi e vi mostro tutto – ci dice Eden. Mi abbraccia e mi trascina.

Marco ci segue, un po' mogio. Entriamo nell'hangar nove: un nugolo di poliziotti sta contando e controllando una decina di grossi scatoloni aperti. Ci avviciniamo.

Scorgo animali di tutti i tipi e di ogni dimensione: camaleonti infreddoliti, rane rare, coccodrilli, stranc farfalle in scatolette di vetro, lucertole e iguane. Sono tutti protetti dalle leggi internazionali.

Infine…

– Tartarughe! – esclamo. E le riconosco in mezzo a tante altre di ogni specie. Le mie sono vicine una all'altra, strette in una scatola che le contiene a malapena. Le accarezzo tutte. Poi prendo Pigrizia e la stringo a me. Lei mi lecca la mano. Sembra riconoscente.

Subito dopo ci rassegniamo alle spiegazioni da dare e alle firme da mettere sui documenti. Per più di un'ora pioggia incessante e formalità da assolvere continuano a essere le sole costanti, finché finalmente arriva l'ora di andarcene.

Eden sale sul suo scooter *giallo vittoria*. Invece Marco e io carichiamo lo scatolone con le tarta in auto e saliamo anche noi. Seguiamo lo scooter di Eden a stento per poi perderlo nel traffico pomeridiano.

Per un po', tra Marco e me, nemmeno un respiro. Niente musica né parole né altro. Soltanto pioggia a scroscio e lampi a gogò. Poi...

– Tra qualche minuto saremo arrivati a casa tua – mormora lui senza guardarmi. – Ora che la faccenda delle tartarughe è risolta, posso chiederti una cosa, Edera?

– Sì. Certo.

– Che cosa ne pensi di me e di Carlotta? Sinceramente.

Deglutisco a fatica.

– Che intendi? – gli chiedo.

– Intendo che ne pensi di noi due, e del nostro matrimonio. Sento che per qualche motivo tu non sei d'accordo. È un'impressione sbagliata o è la verità?

Le mie guance raggiungono e superano l'ultravioletto. Tengo lo sguardo ostinatamente rivolto verso la strada, ma il vetro è così appannato dalla pioggia che non vedo nulla. Spero di aver capito male.

A sorpresa, lui rallenta e parcheggia dove può.

– Non riesco a parlarti se guido – mi dice. – Ho bisogno di guardarti in faccia.

Ora in strada non c'è anima viva. Il tempo pare peggiorato. È da tregenda.

Lui aggiunge:

– Ho quasi dieci anni più di te, perciò non posso non parlarti. E ti prego di essere sincera.

Tossicchio. Mi schiarisco la voce. Mormoro senza guardarlo:

– Non ho voce in capitolo.

Questa frase l'ho letta in un libro. Quale momento migliore per usarla ad arte?

– Sì che ce l'hai. Sei la sorella di Carlotta. E sei... parte in causa.

Stavolta tossicchia lui. Sembra imbarazzato a mille.

– Veramente, io... io... – bisbiglio in confusione. Intanto conto i lampi e conto i tuoni.

Dopo un attimo di silenzio, torpedine mi chiede in un sussurro:

– Perché non mi guardi mai? Perché mi eviti? Non mi sopporti, forse?

Per tutti i pianeti senza piante! **Sono perduta.**

Lo guardo dritto negli occhi, pregando di non svenire. Poi...

– Per carità, no. Non ho niente contro di te. Trovo soltanto che non sia una scelta matura decidere di sposarsi in così poco tempo, e alla vostra età. Poi, sai, ero molto legata a Giò. Scusami, ma è così.

– L'idea del matrimonio lampo è stata di Carlotta. Io non ero d'accordo, all'inizio – confessa fissandomi, con intensità. – Ma lei mi ha convinto, dicendomi che il matrimonio era una prova d'amore, che voleva una relazione stabile e sicura. Ora, però, dopo tutto questo non sono più convinto di nulla. Il comportamento di Giorgio... Il suo regalo... I miei dubbi... Tu...

Le parole si spezzano. Lui appoggia il viso tra le mani, sul volante.

Volto il viso e guardo lontano. Vorrei essere altrove.

– Ora andiamo. Torniamo a casa, non preoccuparti: è solo che sono molto confuso. Ho bisogno di capire e di sondare tutto per non sbagliare.

Annuisco apparentemente tranquilla, ma dentro nascondo un'eruzione vulcanica in atto.

– Io non voglio fare del male a nessuno – continua lui. – È in gioco il futuro di troppe persone: Carlotta, Giorgio, te, Eden, me.

– Eden e io non c'entriamo nulla con voi – sussurro. Prego che sia vero, che tutto questo non stia capitando a me.

Lui solleva il viso e mi guarda. Occhi di bosco: sinceri, profondi, misteriosi.

– Sei sicura? Dimmi la verità.

– Magari lo fossi – sussurro. – No, non lo sono. Non sono più sicura di niente.

– Che cosa possiamo fare? – mi chiede. – Tu sei più saggia di tutti. Che cosa consigli?

Abbasso lo sguardo. Mormoro:

– Bisogna capire quale sia la verità. E avere il coraggio di guardarla in faccia.

– Forse io la conosco già, la mia verità – sussurra, – e tu?

– La sto cercando, perché ho perso la sua via.

Mi prende il viso tra le mani. Ha gli occhi lucidi e preoccupati. Chiede in un bisbiglio:

– Io devo confessartelo, perché è un problema per me. Devo assolutamente dirtelo.

– … Spara.

L'AMORE È UNA COSA BELLISSIMA MA TERRIBILMENTE SERIA.

– Se tu mi piaci tanto forse è perché non amo abbastanza Carlotta? Se provo delle emozioni inspiegabili ogni volta che ti guardo forse è perché non amo lei? O forse è tutto un garbuglio misterioso e senza senso?

Sbalordisco. Spalanco gli occhi. Ma non riesco a parlare. Non posso.

Punto e basta. Se potessi, resterei zitta per l'eternità.

– Ti imbarazzo troppo, vero? Scusami. Ma sai, la verità è difficilissima da maneggiare con le parole.

Rifletto in silenzio, per un po'. Fuori il diluvio ci fa compagnia. È un sottofondo musicale perfetto a quello che sta capitando.

– Già. Però hai ragione tu: bisogna parlarne – mormoro. E me ne convinco. – Sentimenti ed emozioni vanno smascherati per capire la loro vera natura.

– Perciò?

– Perciò, Marco, la verità è che anche tu mi piaci molto. Forse troppo.

Un lampo cade vicinissimo, fragorosamente e ci illumina. E m'illumina. Capisco. Piango silenziosamente. E aggiungo:

– Credo che capiti di sentirsi attratti da due persone nello stesso momento, qualche volta. Però se ne deve scegliere una, perché **l'amore è una cosa bellissima ma terribilmente seria.**

– Perciò? – mi domanda di nuovo.

– Forse la nostra è soltanto attrazione. L'amore con la "A" maiuscola è molto di più. È conoscenza profonda, comprensione, amicizia, rispetto, complicità, è… un mondo di ricordi ed è tanto tempo passato insieme.

– Vuoi dire che per noi non c'è nessuna possibilità.

CAPIRE LA LORO VERA NATURA.

SENTIMENTI ED EMOZIONI VANNO SMASCHE

– Tu sei il ragazzo di mia sorella. Sei tabù per me – gli dico. E gli sorrido tra le lacrime.

– Mi hai insegnato molto oggi, sai Ivy – mormora. Anche lui ha le lacrime agli occhi. – Temo che anche Carlotta sia un tabù per me. Lei è cuore nel cuore con Giorgio. Chissà. Una volta a casa le parlerò e decideremo tenendo in considerazione il bene di tutti.

– Infatti, è così. **L'amore vero non è egoista. L'amore vero, a volte, è rinuncia.**

– Sì, è così, Edera.

Mi fissa e poi sussurra ancora:

– Ti posso baciare? Un piccolo primo bacio che è anche l'ultimo. Un bacio d'addio.

Annuisco. Tremo. Ma tanto trema anche lui.

Poi mi prende il viso tra le mani e mi bacia *dolcemente, molto dolcemente sulle labbra*. Un istante soltanto. Ma basta.

Non sento niente se non tristezza.

I lampi si placano, la pioggia rallenta. E d'improvviso, da chissà dove spunta il sole.

L'AMORE VERO NON È EGOISTA. L'AMORE VERO, A VOLTE, È RINUNCIA.

Capitolo 18

Epilogo o finale? Vento o roccia?

"Con la libertà, i libri, i fiori e la luna, chi può non essere felice?"
L'ha scritto Oscar Wilde, tanti anni fa, e io non posso che essere d'accordissimo con lui.

Quando arriviamo a casa, ho riconquistato la calma e la padronanza di me, ma ho anche conquistato una grande verità: **le rinunce fatte per il bene degli altri, in realtà, spesso si trasformano in conquiste personali.**

Adesso sono grande. E so come si sentono i grandi.

Scendiamo dall'auto. Lo scooter di Eden è parcheggiato in un angolo. Sotto i raggi del sole sembra diventato *verde speranza*.

Scarichiamo lo scatolone, e liberiamo Pigrizia, Fiore, Carciofo, Erbetta, Fulmine, Maciste, Gelsomina, Radicchio e Nerone in giardino. Mi riprometto di tornare da loro prestissimo ma ora ho da fare.

Poi corro a casa. Marco mi segue.

Eden sta raccontando tutto a mamma, che sorride felice appena ci vede.

Dopo aver visto loro, l'altra cosa che vedo è un mazzo di fiori. Splendido. Meraviglioso. Incredibile.

– Per Carlotta, vero? – domando a mamma.

– No. È per te – risponde lei, ammiccando verso Eden.

SCOOTER VERDE SPERANZA

– È il mio ed è per te, Edera – mi dice lui. E sorride.

– Ma dove? Come? Perché? – mi confondo.

– Nel botteghino vicino al MomaKakaò. Poco fa, mentre tornavo in scooter. Il perché te lo dirò dopo, quando saremo da soli.

Mamma ride. Io rimango muta. Milioni di emozioni stanno volando e lottando e urlando dentro di me.

Eden va a prendere il bouquet e me lo porge. Camelie bianche, non-ti-scordar-di-me blu e rami d'edera trionfano in un insieme che è…

– STUPEFACENTE! – esclamo finalmente.

Eden ripete a memoria:

– La camelia vuol dire "il mio destino è nelle tue mani". Il non-ti-scordar-di-me simboleggia "amore e speranza". Infine l'edera simboleggia "la fedeltà".

Arrossisco e gli occhi si inumidiscono.

– Come vedi ho studiato e mi sono applicato. E tutto per te, Ivy!

Prendo il bouquet tra le braccia. Mi sento confusa e in trance: forse è tutta colpa della felicità?

Lui abbraccia me e anche i fiori.

– Carlotta dov'è? – chiede Marco, mentre io aggiusto i fiori in un vaso.

– È uscita con Giorgio – ci riferisce mamma. – Aveva bisogno di parlargli. Anzi, si scusa con te, Marco, e mi ha detto di riferirti che tornerà prestissimo.

– D'accordo, signora Annalisa. Allora se non vi dispiace torno a casa a farmi una doccia. Dica a Carlotta che più tardi la chiamerò.

– Benissimo, Marco. Grazie.

– Ciao, Edera, ciao, Eden. A presto – ci saluta ed esce.

– Forse è il caso che anche voi, Eddy e Ivy, vi cambiate. Siete zuppi di pioggia. Intanto io mi occuperò delle tartarughe: cibo, pulizia, eccetera – ci dice mamma.

Poi lei porge a Eden dei cambi d'abito e un accappatoio pulito.

Non ce lo facciamo ripetere. Ci dividiamo i bagni e scompariamo per un po'.

Passa quasi un'ora: tempo di docce, di musica e di pausa.

A doccia finita, apro un'anta dell'armadio e afferro le prime cose che mi capitano a tiro. Mi sembra di sentire un rumore strano e sottile, come uno sfarfallio, però non vedo nulla. Non ci faccio più caso.

Mentre indosso un paio di jeans puliti e una t-shirt rosa, guardo come d'abitudine la mia *Parodia. Non-può-essere…*

Strillo e strillo, a più non posso.

Eden corre da me su per le scale ancora in accappatoio. Entra in camera mia, trafelato e spaventato. Sembra un buffo spilungone da cartone animato.

Mi trova in lacrime e in ginocchio per terra, e si spaventa ancora di più.

– EDERA! Che succede?

Singhiozzando gli indico la mia pianta. Un meraviglioso fiore giallo troneggia come una corona d'oro in cima alla *Parodia*.

– Be', che c'è? – mi chiede senza capire.

– I-il-mi-mio-ca-cactus – balbetto come una sciocca. – È-fio-fio-fiorito. È-fio-fio-fiorito!

Lui mi tira su, mi asciuga le lacrime sul viso, mi consola e mi abbraccia.

– E allora? Su-su-su, e che sarà mai! – esclama.

– Ve-vedi: anche i cactus hanno un cu-cuore. Anche i ca-cactus fio-fioriscono, una volta tan-tanto.

Eden mi prende il viso tra le mani. Mi fissa serio. E sussurra:

– Edera, lasciamo stare il cactus. Tu non sei un cactus, tu sei una ragazza, la **mia** ragazza! E io ti amo tanto. Ma tu mi ami ancora? Sono successe tante cose. Un vento vorticoso ci ha allontanato…

Lo guardo e sorrido e penso. Ha ragione lui: l'altro era vento. Soltanto vento.

– Che cosa sono io per te? Cosa?

Ci penso un istante. Poi…

– **Tu sei la roccia**. Sei la mia roccia. E ti amo anch'io. Non tanto, ma tantissimo.

Mi bacia e lo bacio.

E finalmente mi perdo di nuovo. Un vortice di colori mi cattura magicamente. Una mareggiata mi travolge. Il mio cuore si tuffa in acque di smeraldo. Sbuffi di calore inondano le pianure verdeggianti della mia anima.

I nostri cuori vanno a mille. Lo sento. La mia felicità ride.

Sento persino decine di farfalle sbattere le ali vicino alle orecchie… Come nelle favole.

Apro gli occhi. Eden apre gli occhi… Decine di farfalle *Macaone* volteggiano intorno a noi. È una favola vera?

– Che succede, Ivy? Questa sensazione non l'avevo mai provata prima! Con te volo sempre e l'amore mi trascina, ma queste sono farfalle, e sembrano… vere.

Rido per la felicità. E so che le farfalle *sono vere* e che sono lo scherzo che madre natura ci ha voluto fare.

Altro che quattro bruchi… L'armadio era pieno di bruchi e il calore li ha trasformati nello stesso momento.

Le farfalle continuano a volare in cerchio, spandendo colori e magia.

Eden sta per chiedermi altre spiegazioni, ma lo zittisco. Restiamo in piedi, vicini e uno davanti all'altra. Con decine di farfalle intorno, con gli occhi inchiodati negli occhi, con le mani intrecciate, e con un grande desiderio nel cuore: stare insieme *persempre*.

Indice

Nella collana
FARÒ FUORI CUPIDO!
puoi leggere anche

VOGLIO 1 BACIO DA URLO!

ISBN: 978-88-472-1765-2
Prezzo: 8,50 euro
Pagine: 176
Formato: 15x21

Minerva ha accettato una scommessa davvero particolare: riuscire a dare un bacio sulla bocca ad un ragazzo entro il giorno di San Valentino. La ragazza sa già che la sua sarà una sfida IMPOSSIBILE e che l'aspettano momenti difficili, anzi difficilissimi!

E DIRE CHE NON CREDEVO NEL COLPO DI FULMINE!

ISBN: 978-88-472-1766-9
Prezzo: 8,50 euro
Pagine: 176
Formato: 15x21

Geneviéve non ha mai creduto nel colpo di fulmine. Le hanno sempre detto che è un'invenzione, una leggenda metropolitana... L'estate che l'aspetta, però, non sarà come tutte le altre: sarà incredibile e piena di sorprese, di stelle, di misteri e di sogni... Al punto da farle cambiare idea!

SOS... CERCO MUSICA DISPERATAMENTE

ISBN: 978-88-472-1879-6
Prezzo: 8,50 euro
Pagine: 176
Formato: 15x21

Diletta ha 14 anni, è dolce, timida e insicura. E fa i conti con i problemi dell'adolescenza: amori complicati, gelosie e contrasti con l'amica del cuore. In questa tenera storia battono più questioni irrisolte. Sarà la passione per la musica a indicare la giusta strada da seguire?

Scopri il Blog dedicato alla collana: **www.farofuoricupido.it**

Farò fuori Cupido! DIVENTA FAN!

FARÒ FUORI CUPIDO!
"amor ch'a nullo amato amar perdona..."
Dante Alighieri
Cupido